나는 누구입니까

리사 울림 셰블룸 글·그림 | 이유진 옮김

산하

한국 독자들에게

입양인들은 어디에서 어떤 과정을 거쳐서 왔고, 지금은 어떻게 살고 있을까요? 우리에게 이런 질문은 아주 절실한 것입니다. 나는 이 책을 통해 한국의 독자들도 해외 입양인들의 현실을 바로 알고, 입양 산업의 문제점에 대해 함께 고민해 주기 바랍니다.

* 개인의 사생활 보호를 위해 작중 인물 대부분을 가명 또는 익명으로 처리했으며, 세부 사실도 일부 바꾸었습니다.

* 이 책은 스웨덴어, 영어, 한국어 사이를 오가며 빚어진 결과물이기에 어감과 세부 사항에 차이가 있을 수 있습니다.

그동안 자신의 목소리를
내지 못했던
모든 입양인에게
이 책을 바칩니다.

1994년 9월 21일, 스톡홀름

안녕하세요?

한국에서 온 따님 리사에 대해 더 자세한 정보를 알고 싶다고 일주일 전에 전화하셨지요? 그때 마침 한국에서 담당자 강 선생님이 우리를 방문했기에 물었습니다. 강 선생님은 입양인의 나이가 많을수록 정보를 알아내기가 어렵다고 하더군요. 컴퓨터가 없던 시절인데다, 친부모의 주민등록번호 등록도 필수가 아니었답니다.

입양인이 한국의 관련 기관을 통해 자신의 친부모를 찾을 때에는 다음과 같은 순서를 따른다고 합니다.

- 먼저 입양 서류에 나온 주소로 전보를 보낸다.
- 전보가 반송되면, 찾는 사람이 어디로 이사했는지 알기 위해 지역의 동사무소에 연락한다.
- 동사무소에 정보가 없으면, 구청으로 연락한다.
- 찾는 사람의 주민등록번호나 생년월일이 나오면, 경찰의 데이터베이스에 정보를 조회한다. 주민등록번호와 생년월일이 가짜로 확인되는 경우도 있다.

양육권을 포기하는 사람은 대부분 여성이며, 그 여성은 자신이 아이를 낳았다는 사실을 주변에 감추고 싶어 합니다. 예전보다는 덜하지만, 한국에서는 여성이 혼자 자식을 키우며 살아가는 일이 무척 어렵습니다. 전쟁 이후 한국은 아주 빠르게 경제 성장을 이루었지만, 그에 따른 대가도 너무 컸습니다. 사회 규범에 맞지 않는다고 여겨지는 이들은 소외되는 경우가 많습니다.

저는 1971년에 처음 한국에 갔으며, 15년 동안 대한사회복지회와 함께 일했습니다. 저는 그곳이 따님을 돕는 일에 최선을 다했을 거라고 확신합니다.

다행히도 따님의 파일이 남아 있어서 생모를 만날 가능성이 있습니다. 하지만 생모는 따님의 출생과 입양을 비밀로 감추었을 수도 있습니다. 새로운 가족이 생겼다면, 그들이 혼란과 고통을 겪을 수 있기 때문입니다.

입양을 결정할 당시에는 다른 해결책이 없었겠지만, 생모는 결코 따님을 잊지 않았을 것입니다. 다만 우리는 생모가 어디에서 살고 있는지 알지 못할 따름입니다.

언젠가는 따님이 아름다운 한국을 첫 번째 조국으로 받아들일 수 있기를 소망합니다.

스웨덴 국립입양센터
마르가레타 블룸크비스트 드림

1부
나는 어디서 왔을까

이번에는 준비를 더 했다.
마지막 생리가 언제였죠?
답할 수 없는 생물학적 배경에 대한 질문들에.
자, 본인에 대한 질문 몇 가지로 시작하죠.
유전병
가족 중에 다음과 같은 병이 있는 사람이 있습니까?
예
아니오
당뇨
심혈관계 질환
천식
뇌전증
임신과 출산에 대해 어머니랑 대화를 해 보세요. 그럼 출산할 때 도움이 될 수 있어요.
이런 질문과 조언은 내가 잊었다고 믿고 있던 상처들을 들쑤셨다.

내 몸이 풀리지 않는 수수께끼처럼 느껴졌다.
이제 검사를 할게요. 옷을 걷어 보세요.
나는 뿌리 없이 나온 사람이다. 태어나지도 않았지만, 여기 있으니까.
좋아요. 여기 심장이 보이네요.
나는 첫 아이를 기다리는데, 마치 나를 낳은 엄마가 내 몸과 마음에 자리 잡은 것 같았다.
엄마? 엄마!
내 아들이 아니라 엄마를 품은 것 같았다.
우리 엄마가 저 안에서 뭘 하는 거야!!
내가 한때 다른 이의 뱃속에 있었고, 나의 생명이 다른 이의 몸에서 시작되었다는 사실이 충격이었다.

나를 낳은 엄마도 나처럼 충격을 받았을까?
엄마는 어떤 상황이었을까?
무서웠을까? 외로웠을까? 그런 상황에서도 엄마는 나를 기다렸을까?

우리 입양인들은 비행기를 타고 새 가족에게 온 날이 인생의 출발점이라고 배운다.
아이는 어디에서 오나요?
알란다 공항이요!
이런 사실은 우리가 한때 다른 가족의 일부였다는 사실을 숨긴다.
입양 :(立養)「명사」
①양자로 들어감. 또는 양자를 들임.
②혈연 관계가 아닌 사람끼리 법률적으로 친자 관계를 맺는 행위.
이건 집 냉장고 문에 붙어 있던 쪽지의 내용이다. 나의 시작에 대한 이야기다.
내 살은 아니지만
내 피는 아니지만
기적으로 낳은 우리 아이.
잊지 말렴.
너는 내 뱃속은 아니지만,
내 가슴 속에서 자랐어.
살 것
우유
치즈
달걀
많은 입양인들은 우리 삶이 비행기에서 시작됐다고 믿는다.
너는 잠시 다른 데 있다가 우리한테 돌아온 거야.
친부모는 차츰 희미해지다가…
엄마는 낳기만 하는 게 아니라 길러 주는 사람이야.
결국 지워져 버린다.
네가 어디서 왔는지는 중요하지 않아. 네가 지금 여기 있다는 사실이 중요해.

생일은 입양인에게 슬픈 날이다.
우리는 오히려 짙은 상실감을 느꼈다.
우리는 침묵하는 방식으로 슬퍼했다.
양부모를 화나게 하거나 상처 주면 안 되니까.
친어머니는 너를 사랑하셨지만, 더 나은 삶의 기회를 주려고 우리에게 보냈단다.
다른 사람들이 우리의 삶을 규정했다.
끔찍한 보육원에서 사는 것보다 여기 있는 게 훨씬 낫지!
우리는 우리에게 주입되는 신화들을 스스로 익혀 갔다.
저의 부모님은 아이를 가질 수 없어서 저를 입양했습니다.
이렇게 원래 가족과 나 자신은 우리 이야기에서 사라져 갔다.
우리는 실수로 여기 온 게 아니야. 부모님은 우리를 데려오려고 정말 많은 수고를 했어.
하지만 세월이 갈수록 내 영혼에는 구멍이 생겼다.

나를 낳은 엄마가 내 몸을 접수한 것만 같았다. 엄마가 나였고, 나는 세상으로 나오는 아기였다. 분만이 다가오면, 아무리 힘들어도 기다리던 아이를 곧 만날 수 있다고 생각하라는 응원을 받는다. 하지만 그것이 아이를 멀리 보내야 하는 고통이라면?
내 아기를 데려가지 마!
내 아기를 데려가지 마!
아주 좋아요! 호흡을 잊지 말고! 자, 힘을 주세요! 아주 잘 하고 있어요!
내 뱃속 아기도 다른 사람한테 넘겨질까?
나는 태어나자마자 엄마와 헤어졌다. 엄마는 나를 안아 볼 수나 있었을까?
울림아!
세월이 갈수록 엄마와 헤어지는 모습이 슬픔처럼 쌓여 간다. 빛 한 줄기 없는 어둠 속에서도.

밤마다 갓 낳은 아들을 지켰다. 깨어나면 안아 줄 준비를 하고.
아들이 울 때마다 가슴이 저렸다. 버려진 아이처럼 운다는 생각이 들어서.
그래, 그래, 엄마 여기 있어! 엄마 여기 있어!
내가 죽어서 아들이 보육원에 가게 되는 끔찍한 상상에 시달렸다.
그런 다음 내 아들도 해외로 입양되고, 내가 엄마였다는 사실조차 잊게 된다면…
스벤, 네 친엄마는 더 좋은 환경에서 자라라고 너를 우리에게 보냈단다.
한때 나였던 어린아이를 생각했다. 한국에서 살았고, 이름이 울림이었던 아이를. 한국말을 했고, 버려졌지만, 한때 그들의 공동체에 속했던…
대한민국
단수여권
PASSPORT
REPUBLIC OF KOREA
어느 날, 처음 보는 보호자를 따라 스웨덴 행 비행기에 타게 된 아이를.

낯선 나라에 와서 낯선 사람들에게 넘겨진 아이를.
익숙한 냄새도 맛도 느낄 수 없고,
아무 말도 알아듣지 못하고,
아무도 자기 말을 알아듣지 못하는 나라에서.
제 말 좀 들어보세요!
제 말 좀 들어보세요! 아무도 내 말 이해 못 해?!
정울림이 사라지고,
리사라는 이름이 시작된 나라에서.
아들이 젖을 안 먹으면 마음이 아팠다.
내 피와 살이 거부당하는 것만 같았다.
그래, 다시 해 보렴! 잠깐! 잠깐만!
아들은 점점 아빠하고만 있으려 했다.
우에에에

모유를 직접 먹이면 아이가 안정된 성격을 갖는 데 도움이 된다고 책에서 읽었다.
얘가 젖을 안 먹으려 하니 어떡하지?
나는 모유 수유를 포기하라는 말을 듣지 않았다.
아가야, 엄마 젖 먹자!
조금만 먹어 봐!
모유 수유 클리닉에 가 보았지만 도움이 안 됐다.
젖병으로 먹이면 안 되나요? 아이가 강하게 거부하는 것 같아서요.
아이에게는 어머니가 젖을 직접 먹이는 게 최선이에요. 시간이 좀 들어도요.
석 달 동안 무진 애를 쓰다가 결국 모유 수유를 포기했다. 젖병으로 주자 아들은 만족스럽게 먹었지만, 나는 실패한 엄마 같은 느낌이 들었다.

우리는 영유아보건소와 심리 상담사를 찾았지만, 젖병으로 수유하면 아빠와 아기가 더 친해질 수 있다는 설명만 들었다.
그때는 깨닫지 못했다. 나의 분리 트라우마가 이런 불안을 만들었다는 사실을.
엄마 입장에서는 서운하겠지만, 대신 좀 쉬세요!
소중한 그 무엇을 잃었다는 슬픔을 느꼈다.
학교에서 가족 나무를 그릴 때 쓸쓸하던 기억도 났다.
여러분은 어디서 왔을까요?
우리 반 아이들에게는 쉬운 질문이었겠지만, 내게는 몸 속 깊은 곳에 웅크린 구멍 같았다.
외할머니랑 외할아버지 이름이 뭐니?
군보르랑 스투레.
한국 할머니 할아버지 이름을 알면 좋을텐데…
유대감이란 다른 사람들이 원한다고 해서 느껴지는 것이 아니라는 사실을 깨닫기 시작했다.
?
?
?
?

가까운 이들은 내 처지를 단순하게 이해하려 했고, 낯선 이들은 복잡하게 받아들였다.
저기요! 어디서 왔어요?
내 생김새가 이름이나 환경과 맞지 않다는 게 무엇을 뜻하는지 배웠다.
중국에서 왔어요, 일본에서 왔어요?
스웨덴어도 알아들어요?
새로운 사람들과 만날 때에는 늘 설명이 필요했다.
리사 씨인가요? 통화할 때는 몰랐네요….
그럼 리사 씨는…
설명을 해도 사적인 질문으로 이어지는 일이 너무 잦았다.
보육원에서 살았어요? 얼마 동안요?
친부모님은 왜 리사 씨를 못 키운 건가요?
몇 살 때 여기 왔어요?
기억나는 거 있어요?
한국에 간 적 있어요?
한국에 형제자매가 있나요?
한국말 할 줄 알아요? 한국에선 이름이 뭐였어요?
진짜 가족을 찾아봤어요?

친부모님 만나 봤어요? 찾아봤어요?
친부모님이 살아 계실까요?
사생활과 관련된 질문이 끝이 없었다.
이제 그만 해요! 누가 갑자기 와서 가족이 죽었는지 살았는지 물어보면 좋겠어요?
이런 사람들은 입양에 대한 자기 생각에 갇혀 당사자의 말에는 전혀 신경 쓰지 않았다. 어릴 땐 잘 몰랐지만, 지금은 이런 행동 뒤에 있는 이야기를 읽어 낼 수 있다. 버려진 아이들의 생명을 입양으로 구하는 착한 나라 스웨덴의 착한 사람들 이야기를. 개인적 경험과는 상관없이 나는 자주 이런 말을 들어야 했다 – 너는 운이 좋았다. 네 삶은 더 나아졌다.
너의 양부모님이 아이를 가질 수 없었던 게 다행이다. 안 그랬으면 입양되지 않았을 테니까.
입양은 선한 행동이지만, 이미 포화 상태인 지구에서 더 많은 아이를 낳는 건 이기적이다.
아무도 돌보지 못하는 고아를 길러 주겠다는 사람들이 있다니 참 대단하다.

어릴 때에는 한국에 대한 질문도 나를 특별한 존재로 여기기 때문인 줄 알았다.
한복 놀이 또 해도 돼요?
가장 친한 친구도 한국 입양아였다. 우리는 특별히 닮진 않았지만, 나를 비춰 볼 사람이 가까이 있다는 게 좋았다.
쌍꺼풀이 있으면 좋겠어!
나도!
우리는 우리만의 생물학적 유대를 만들었다.
여기에 서명하면 진짜 자매가 되는 거야!
그래, 영원히!
우리는 스스로 자랑스러웠다.
한국과 끈이 닿는 사소한 일에 매달렸다.
MADE IN KOREA
우아, 이 티셔츠가 한국제야!
처음으로 한국 음식을 먹고 김치를 좋아하게 된 것도 내가 진짜 한국인이라는 증거 같았다.
음냠냠!

가장 좋았던 건 국제 청소년 스케이트 대회에 참가하러 한국 선수들이 왔던 날이었다. 한국 출신 입양아들이 이들과 만날 수 있도록 양부모들이 힘써 주었다.
나는 진짜 한국인들 사이에서 어설프게 보이지 않으려고 일주일 전부터 내내 젓가락질을 연습했다.
쉽지 않네!
해숙이라는 열일곱 살 소녀 옆에 앉게 되었다. 해숙은 내 이름을 한국어로 어떻게 쓰는지 가르쳐 주었다.
우리는 오랫동안 편지를 주고받았다.
해숙은 이따금 한국에 관한 소식도 보내 주었다.
평양
서울
부산

1988년에 서울에서 올림픽이 열렸다. 텔레비전에서는 날마다 한국의 음식과 문화와 자연을 보여 주었다. 그때는 몰랐다. 한국이 세계 최대 아동 수출국이라는 사실을.
올림픽 공식 주제가를 부른 코리아나는 내가 좋아하는 밴드가 됐다. 너무 당연한 일이었다.
손에 손 잡고!
벽을 넘어서!
어린이 프로그램에서 한국 입양아인 진에 대한 이야기를 다루었고, 나도 조금 나왔다.
저기 나왔다!
저 입양아들은 한국말과 한국 노래도 할 줄 압니다.
리포터의 질문을 절대로 잊지 못할 것이다.
북한의 올림픽 불참에 대해 어떻게 생각해요?
진은 아홉 살이었다.
우리는 서울 올림픽 기간 동안 주목을 많이 받았다.
한국 사람들 개회식 정말 좋더라! 춤이 아주 멋지던데!
그렇지, 뭐!
고마워!!
하 하 하

하지만 이런 자부심은 천천히, 확실하게 지워졌다.
엄마는 중국, 아빠는 한국! 아유, 불쌍해!
나 같은 외모는 낯설고 흉한 취급을 받았다.
너는 성 루치아가 될 수 없어. 머리가 검잖아.
나의 작은 방에 금이 가기 시작했다. 나를 지켜 줄 것 같던 사람들이 갑자기 공격을 했다.
어디 감히 중국 놈이 버스에 타!
나의 외모를 계속 좋아하기는 어려웠다. 악의적인 놀림도 있었다.
칭총!
언제나 나쁜 건 아니었다.
산적의 딸 로냐는 갈색 머리에다 검은 눈이야!
봄맞이 소리를 내 볼게!

드디어 마지막 자존심이 무너졌다.
너희 나라로 꺼져!
스웨덴을 스웨덴답게
중국인
황인종!
날마다 고개를 치켜들고 학교에 갔다. 하지만…
… 몇 번이나 화장실에 숨어 있다가 수업을 마치기도 전에 집으로 도망쳤다.
나는 학교가 제일 좋았는데, 이젠 무서워졌다.
더는 버틸 수가 없었다.
KKK
나는 되돌아갈 수 없었다.
리사, 이번 주에 내준 숙제는?
나는 간신히 중학교 과정을 마쳤다.

나는 독립해서 다른 도시에서 새 삶을 시작했다. 다른 사람과 부딪히지 않으려고 책에 숨어 살았다. 나는 서서히 고통에 빠져 들었다. 나의 존재가 완전히 사라지고 있다는 위기감이 들었다.
나를 구해야겠다는 생각에 양부모님에게 내 한국 뿌리를 찾아 달라고 부탁했다.
알았다, 얘야. 입양센터에 연락해 볼게.
난생 처음으로, 대한사회복지회가 양부모님에게 보냈던 입양 관련 서류들을 보게 되었다.
내가 생겼을 때 엄마는 열여섯 살이었네!
스웨덴의 입양센터는 대한사회복지회에 연락하겠다고 약속했다.
얼마 뒤 한국에서 답장이 왔다.
그 답장은 별다른 도움이 되지 않았다.
사후관리사업
정울림(79-1671K)
1994년 5월 7일
리사 세볼룸 씨에게,
이 편지는 스웨덴 국립입양센터를 통한 귀하의 요청에 대한 답장입니다. 우리는 귀하의 친부모님을 찾아보려 했으나 실패했습니다. 하지만 원래 가족도 종종 입양을 보낸 자식이 자란 모습을 사진으로 보고 싶어 합니다. 귀하의 친부모님이 귀하에 대해 문의하게 되면, 확실히 알려 드리겠습니다.
중앙보육원 오현경 드림

입양인으로 산다는 것은 선택이 아니라 버려짐을 당했다는 뜻이었다.
네가 여기 오게 된 것도 다 의미가 있을 거야.
나도 우연히 태어났지만, 그게 뭐가 중요해.
뿌리를 찾고 싶다는 마지막 꿈은 이렇게 산산조각이 났다. 나는 다시 친부모를 빼앗긴 것 같았다.
엄마!
죽음을 생각하기 시작했다. 나에게는 돌아갈 곳이 없다. 태어나지 않았다면 살아 있지도 않을 텐데.
내가 여기에 있게 된 데에 어떤 특별한 의미가 있는 게 아니라는 걸 깨달았다.

이런 감정을 설명해 보려는 나에게 사람들은 스스로를 희생자로 만들지 말라고 했다.
모든 어려움의 원인을 입양에 돌리지 말라는 말도 들었다.
하지만 내가 지금까지 끌고 온 이야기가 그 뒤로도 계속 이어질 것만 같았다.
내 입양에 어떤 의미가 있으리라는 생각은 산산조각이 났다.
작별 인사를 하려고…
더 이상 의미를 찾기 어려웠다.
깊은 고통만 계속될 것 같았다.
새로운 생명이 내 안에서 신호를 보내기 전까지는.

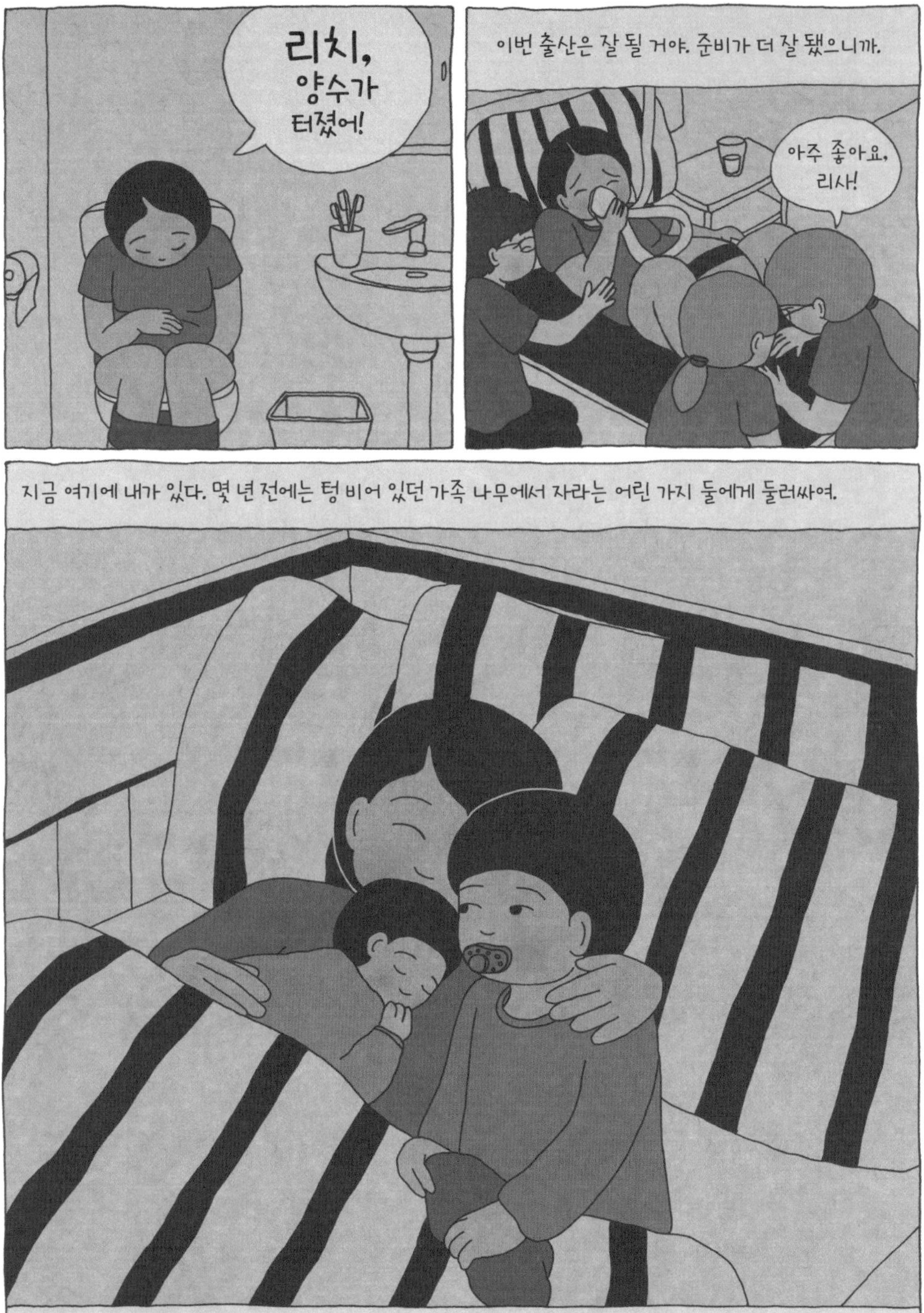
리치,
양수가
터졌어!
이번 출산은 잘 될 거야. 준비가 더 잘 됐으니까.
아주 좋아요,
리사!
지금 여기에 내가 있다. 몇 년 전에는 텅 비어 있던 가족 나무에서 자라는 어린 가지 둘에게 둘러싸여.
그 어린 가지들에게 우리 셋이 나온 뿌리를 찾아보겠다고 다짐했다.

2부
접속

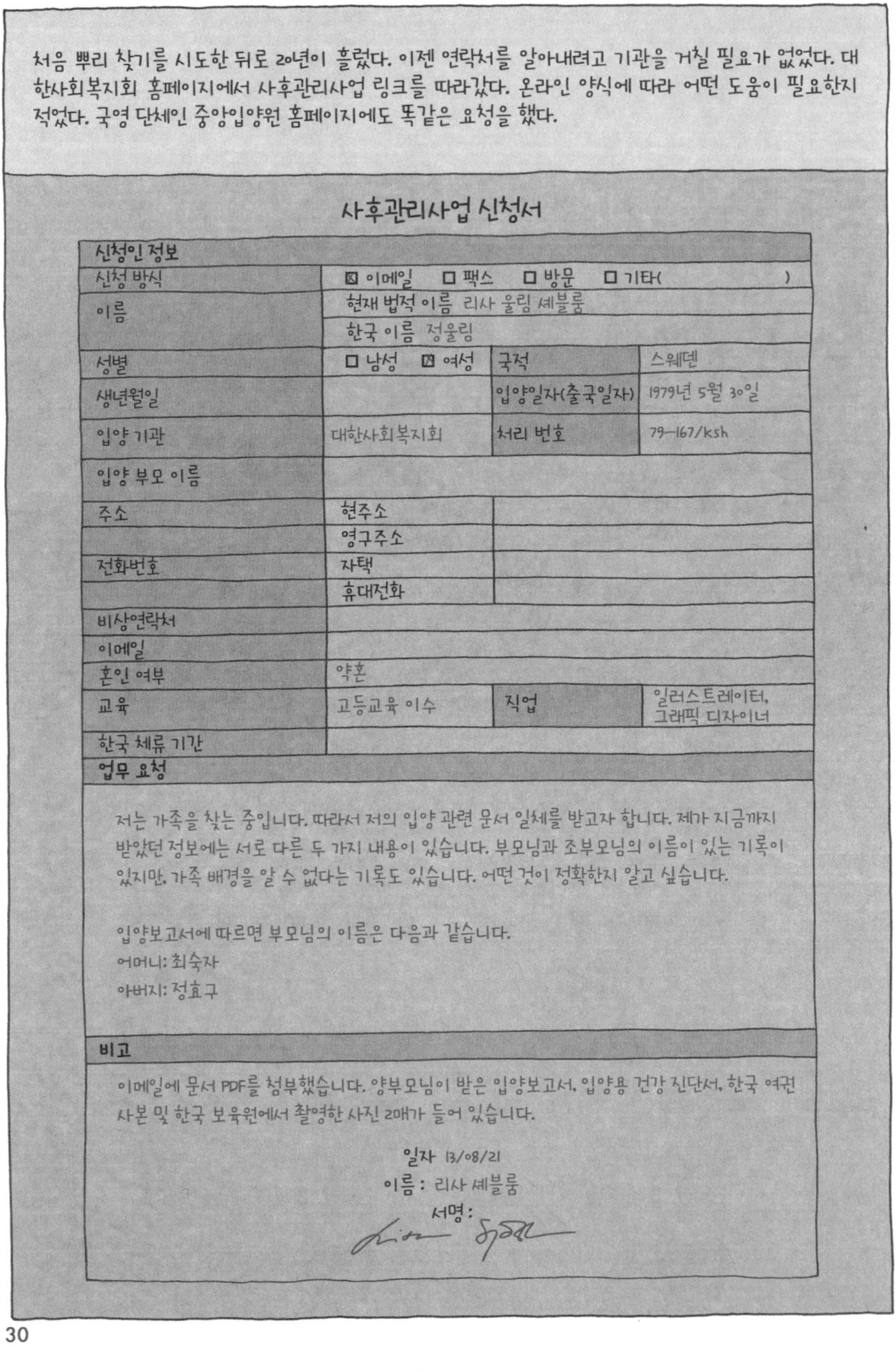
처음 뿌리 찾기를 시도한 뒤로 20년이 흘렀다. 이젠 연락처를 알아내려고 기관을 거칠 필요가 없었다. 대한사회복지회 홈페이지에서 사후관리사업 링크를 따라갔다. 온라인 양식에 따라 어떤 도움이 필요한지 적었다. 국영 단체인 중앙입양원 홈페이지에도 똑같은 요청을 했다.

사후관리사업 신청서

신청인 정보			
신청 방식	☒ 이메일 ☐ 팩스 ☐ 방문 ☐ 기타( )		
이름	현재 법적 이름 리사 울림 셰블룸		
	한국 이름 정울림		
성별	☐ 남성 ☒ 여성	국적	스웨덴
생년월일		입양일자(출국일자)	1979년 5월 30일
입양 기관	대한사회복지회	처리 번호	79-167/ksh
입양 부모 이름			
주소	현주소		
	영구주소		
전화번호	자택		
	휴대전화		
비상연락처			
이메일			
혼인 여부	약혼		
교육	고등교육 이수	직업	일러스트레이터, 그래픽 디자이너
한국 체류 기간			

업무 요청

저는 가족을 찾는 중입니다. 따라서 저의 입양 관련 문서 일체를 받고자 합니다. 제가 지금까지 받았던 정보에는 서로 다른 두 가지 내용이 있습니다. 부모님과 조부모님의 이름이 있는 기록이 있지만, 가족 배경을 알 수 없다는 기록도 있습니다. 어떤 것이 정확한지 알고 싶습니다.

입양보고서에 따르면 부모님의 이름은 다음과 같습니다.
어머니: 최숙자
아버지: 정효구

비고

이메일에 문서 PDF를 첨부했습니다. 양부모님이 받은 입양보고서, 입양용 건강 진단서, 한국 여권 사본 및 한국 보육원에서 촬영한 사진 2매가 들어 있습니다.

일자 13/08/21
이름 : 리사 셰블룸
서명 :

나머지 입양 서류를 보게 해 달라고 양부모님에게 부탁했다.

사라지고 숨겨진 시작을 들추어낸다는 것은 엄청난 좌절감을 느끼는 과정이다. 타인의 선의에 전적으로 의존해야 하기 때문이다. 나는 실망하지 않으려, 희망을 억누르려 노력했다.

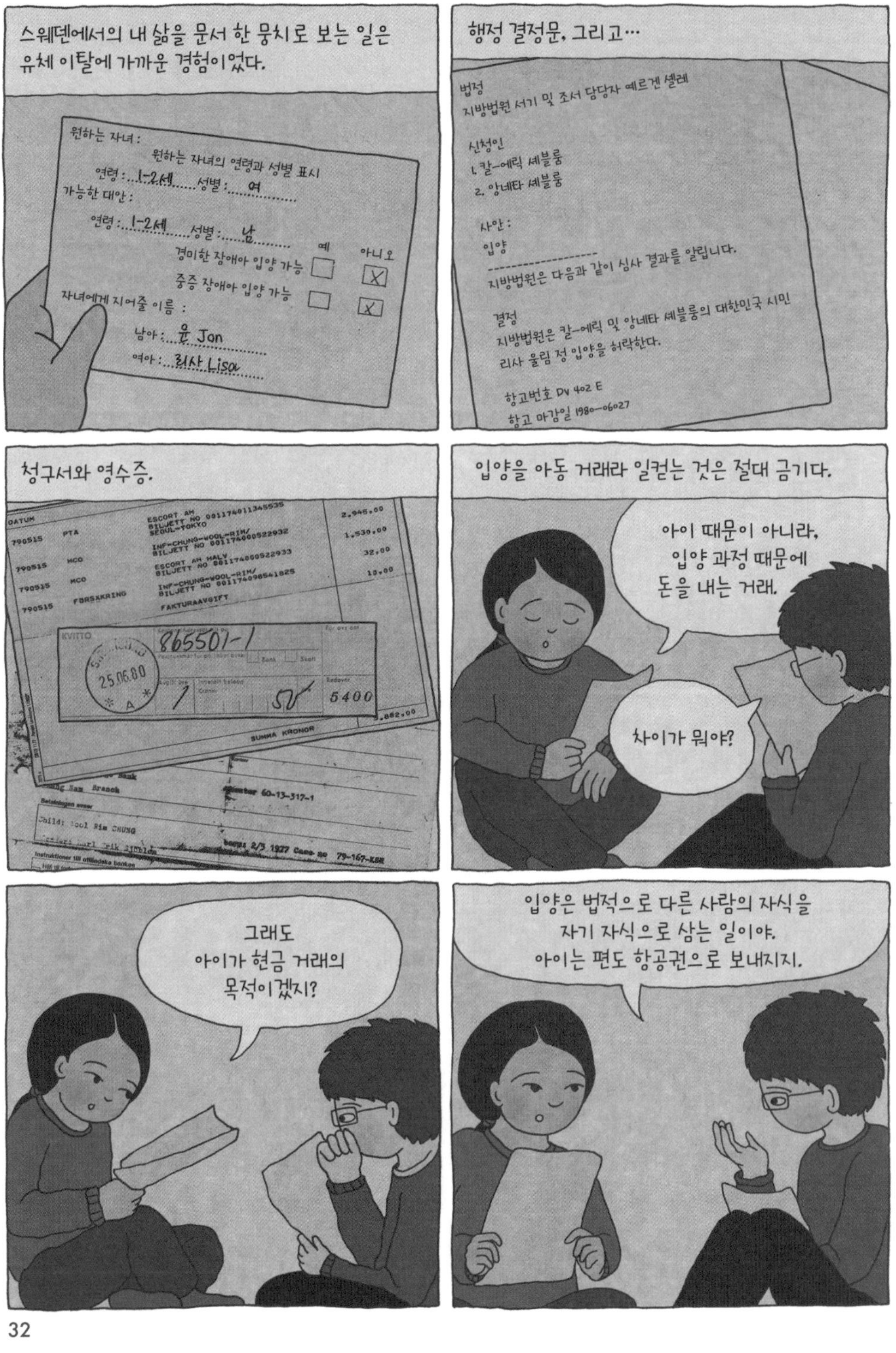
스웨덴에서의 내 삶을 문서 한 뭉치로 보는 일은 유체 이탈에 가까운 경험이었다.
원하는 자녀 :
원하는 자녀의 연령과 성별 표시
연령 : 1-2세 성별 : 여
가능한 대안 :
연령 : 1-2세 성별 : 남
예 아니오
경미한 장애아 입양 가능
중증 장애아 입양 가능
자녀에게 지어줄 이름 :
남아 : 윤 Jon
여아 : 리사 Lisa
행정 결정문, 그리고…
법정
지방법원 서기 및 조서 담당자 예르겐 셀레
신청인
1. 칼-에릭 셰블룸
2. 앙네타 셰블룸
사안 :
입양
지방법원은 다음과 같이 심사 결과를 알립니다.
결정
지방법원은 칼-에릭 및 앙네타 셰블룸의 대한민국 시민 리사 울림 정 입양을 허락한다.
항고번호 Dv 402 E
항고 마감일 1980-06027
청구서와 영수증.
DATUM
ESCORT AM
SEOUL-TOKYO
FAKTURAAVGIFT
KVITTO
865501-1
25.06.80
5400
SUMMA KRONOR
입양을 아동 거래라 일컫는 것은 절대 금기다.
아이 때문이 아니라, 입양 과정 때문에 돈을 내는 거래.
차이가 뭐야?
그래도 아이가 현금 거래의 목적이겠지?
입양은 법적으로 다른 사람의 자식을 자기 자식으로 삼는 일이야. 아이는 편도 항공권으로 보내지지.

입양 관련자로 보이는 한국인 정 씨가 보낸 편지들을 찾아냈다. 양아버지가 정 씨의 사진을 내게 보냈다.
정 씨는 오빠의 입양에도 관여했다. 정 씨가 스웨덴에 왔을 때 여기 부모님에게 여자아이를 입양시켜 주겠다고 약속했다.
정 씨는 몇 달 뒤 한국에서 나를 선택하여 스웨덴으로 보냈다.

스웨덴으로 내 삶을 몰아넣는 일에 여기 이 사람들과 행정 당국과 기관들이 직접 관여했다.
입양 과정에서 중개자들은 셀 수 없을 정도였다.
동성원
목사
사회 복지부
스웨덴 지방법원
보건복지부
대한 사회 복지회
부산직할시 아동상담소
스칸디나비아항공
이민청
스웨덴 해외 입양위원회
이보다 많은 관련자들이 있었다.

내 아이들이 우리 배경을 더 잘 이해할 수 있도록 입양을 다룬 어린이책들을 빌려 왔다.
아이가 친부모님을 잃어서…
그리고 엄마 아빠는 최고의 소원을 이루었습니다.
하지만 이런 책들은 계속 읽기 힘들었다.
이번엔 이 책을 읽자!
또 바뀌?
놀자!
초점은 철저하게 입양 부모에게 맞춰져 있었다.
고양이는 아주 먼 나라에서 태어났습니다. 고양이는 엄마와…
… 아빠가 없었습니다.
이건?
모두 다 부모들이 쓴 책이라 그런 모양이었다.
그녀는 알아들을 수 없는 말로 자기가 네 엄마이며, 절대로 너를 떠나지 않겠다고 속삭였지.
어른이 되어서 입양에 대한 글을 읽고 충격을 받는 일은 사실 이상할 것이 없다.
우리가 선택된 것은 여러 기준과 바람에 적합했기 때문이다. 우리는 그럭저럭 건강했고, 예뻤다. 먼저 사회복지사가 우리를 뽑았다. 하지만 우리가 입양을 바라는 사람들의 기준에 맞지 않아 거부당할 가능성은 늘 있었다.

서류들은 내가 어떻게 스웨덴의 양부모님에게 입양되었는지에 대한 답을 주었다. 그러나 내가 어디서 왔는지에 대한 정보는 별로 없었다.
이상해. 여기엔 부모님 이름이 있어. 내 생일도 정확하다고 했고.
그런데 이 서류엔 부모님 이름도 없고 내 생일도 추측뿐이야.

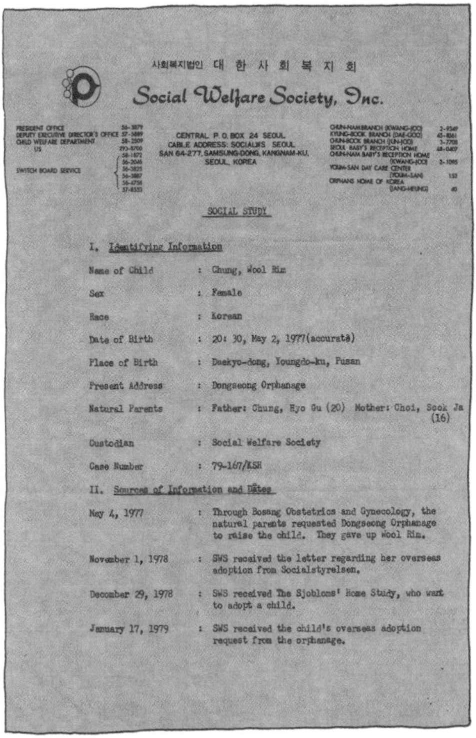

사회복지법인 대 한 사 회 복 지 회

Social Welfare Society, Inc.

PRESIDENT OFFICE 56-3879
DEPUTY EXECUTIVE DIRECTOR'S OFFICE 57-5889
CHILD WELFARE DEPARTMENT 58-2509
US 293-8700
SWITCH BOARD SERVICE 58-1872, 56-2046, 56-3825, 56-3887, 56-4758, 57-8555

CENTRAL P. O. BOX 24 SEOUL
CABLE ADDRESS: SOCIALWS SEOUL
SAN 64-277, SAMSUNG-DONG, KANGNAM-KU, SEOUL, KOREA

CHUN-NAM BRANCH (KWANG-JOO) 2-9349
KYUNG-BOOK BRANCH (DAE-GOO) 45-8561
CHUN-BOOK BRANCH (JUN-JOO) 3-7708
SEOUL BABY'S RECEPTION HOME 48-0407
CHUN-NAM BABY'S RECEPTION HOME (KWANG-JOO) 2-1095
YOUM-SAN DAY CARE CENTER (YOUM-SAN) 153
ORPHANS HOME OF KOREA (JANG-HEUNG) 40

SOCIAL STUDY

I. Identifying Information

Name of Child	:	Chung, Wool Rim
Sex	:	Female
Race	:	Korean
Date of Birth	:	20: 30, May 2, 1977(accurate)
Place of Birth	:	Daekyo-dong, Youngdo-ku, Pusan
Present Address	:	Dongseong Orphanage
Natural Parents	:	Father: Chung, Hyo Gu (20) Mother: Choi, Sook Ja (16)
Custodian	:	Social Welfare Society
Case Number	:	79-167/KSH

II. Sources of Information and Dates

May 4, 1977	:	Through Bosang Obstetrics and Gynecology, the natural parents requested Dongseong Orphanage to raise the child. They gave up Wool Rim.
November 1, 1978	:	SWS received the letter regarding her overseas adoption from Socialstyrelsen.
December 29, 1978	:	SWS received The Sjobloms' Home Study, who want to adopt a child.
January 17, 1979	:	SWS received the child's overseas adoption request from the orphanage.

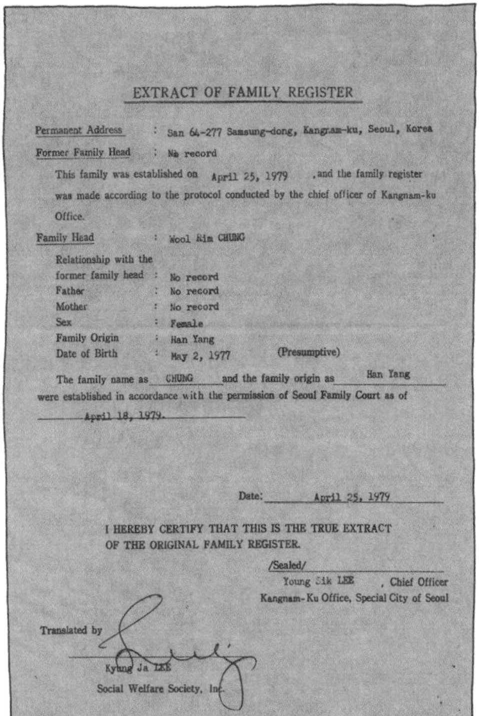

EXTRACT OF FAMILY REGISTER

Permanent Address : San 64-277 Samsung-dong, Kangnam-ku, Seoul, Korea

Former Family Head : No record

This family was established on April 25, 1979 , and the family register was made according to the protocol conducted by the chief officer of Kangnam-ku Office.

Family Head : Wool Rim CHUNG

Relationship with the former family head	:	No record
Father	:	No record
Mother	:	No record
Sex	:	Female
Family Origin	:	Han Yang
Date of Birth	:	May 2, 1977 (Presumptive)

The family name as CHUNG and the family origin as Han Yang were established in accordance with the permission of Seoul Family Court as of April 18, 1979.

Date: April 25, 1979

I HEREBY CERTIFY THAT THIS IS THE TRUE EXTRACT OF THE ORIGINAL FAMILY REGISTER.

/Sealed/
Young Sik LEE , Chief Officer
Kangnam-Ku Office, Special City of Seoul

Translated by
Kyung Ja LEE
Social Welfare Society, Inc.

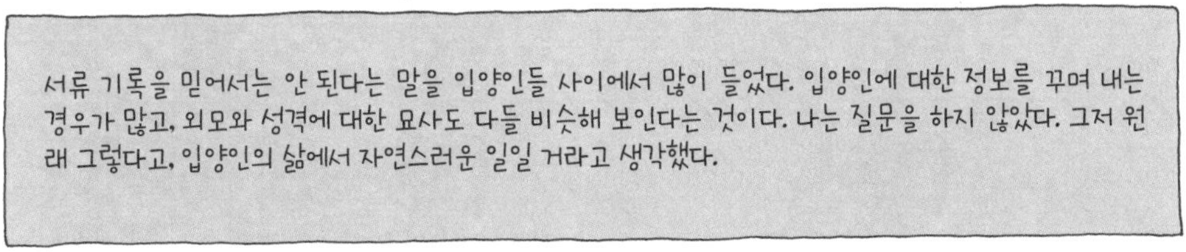
서류 기록을 믿어서는 안 된다는 말을 입양인들 사이에서 많이 들었다. 입양인에 대한 정보를 꾸며 내는 경우가 많고, 외모와 성격에 대한 묘사도 다들 비슷해 보인다는 것이다. 나는 질문을 하지 않았다. 그저 원래 그렇다고, 입양인의 삶에서 자연스러운 일일 거라고 생각했다.

그래도 이번엔 달랐다. 서류 두 가지가 앞뒤 안 맞는 정보로 꾸며져 있었다.
설명이 필요하다고 이메일을 보내야겠어.
입양 관련 일을 했다는 정 씨에 대해서는 물어볼 수 있지 않을까? 정 씨가 당신 부모님을 만났을 수도 있잖아.
인터넷으로도 답을 찾아보았다. '고아 호적'이라는 표현이 눈에 들어왔다.
한국에서 고아 호적은 신속한 입양 처리를 위해 만들어졌다. 합법적으로 보이는 입양이 사실은 입양 기관과 정부 기관들이 합작한 허위 정보와 가공 문서를 토대로 한다는 점을 알 수 있다.
한국과 스웨덴의 입양 전문가 두 사람에게 이메일을 보냈다.
저는 대한사회복지회에서 서로 다른 두 종류의 서류를 받았습니다. 1978년에 작성된 서류에는 친부모의 이름이 있습니다. 하지만 1979년에 작성된 다른 서류인 호적 초본에는 제가 '호주'로 나와 있으며, '고아'로 분류되어 있습니다. 어떻게 된 일일까요?
리사 드림
'고아'라는 개념이 통념과 다르다는 사실을 깨닫기도 했다.
유니세프와 글로벌 파트너는 부모를 하나 또는 모두 잃은 아동을 고아로 정의합니다. 2005년 기준으로 사하라 남부 아프리카, 아시아, 라틴아메리카와 카리브 해 지역에는 고아가 1억 3천 2백 만 명 이상 있습니다.
한국의 입양 관계자들이 입양을 위해 정보를 허위 기재한 것으로 보입니다.
– J 드림
가족 배경과 개인의 자료가 조작되었으며, 입양도 합법적이지 않은 예전 방식으로 처리된 것 같습니다.
– T 드림

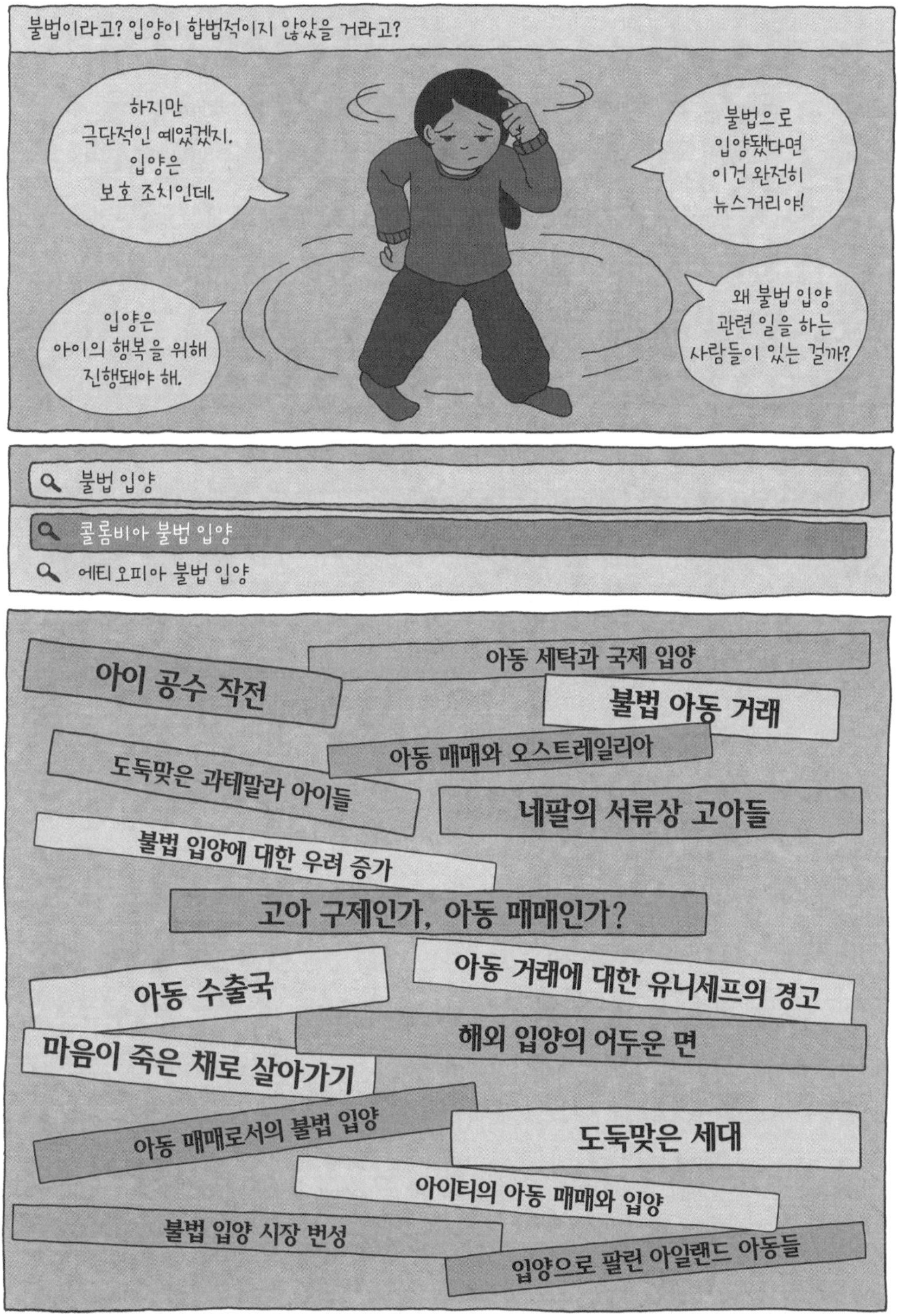
불법이라고? 입양이 합법적이지 않았을 거라고?
하지만 극단적인 예였겠지. 입양은 보호 조치인데.
불법으로 입양됐다면 이건 완전히 뉴스거리야!
입양은 아이의 행복을 위해 진행돼야 해.
왜 불법 입양 관련 일을 하는 사람들이 있는 걸까?
불법 입양
콜롬비아 불법 입양
에티오피아 불법 입양
아이 공수 작전
아동 세탁과 국제 입양
불법 아동 거래
아동 매매와 오스트레일리아
도둑맞은 과테말라 아이들
네팔의 서류상 고아들
불법 입양에 대한 우려 증가
고아 구제인가, 아동 매매인가?
아동 수출국
아동 거래에 대한 유니세프의 경고
해외 입양의 어두운 면
마음이 죽은 채로 살아가기
아동 매매로서의 불법 입양
도둑맞은 세대
아이티의 아동 매매와 입양
불법 입양 시장 번성
입양으로 팔린 아일랜드 아동들

해외 입양(주로 아시아, 남아메리카, 아프리카 아이들이 서구의 백인 가족에 편입되어 새 이름과 새 언어를 갖게 되는 과정)은 한국전쟁(1950~1953) 이후에 생겨난 현상이다. 그때나 지금이나 입양에서 중요한 것은 보호가 필요한 아이보다, 가족을 만들고 싶어 하는 무자녀 성인들이다. 그러다 보니 시장이 좋아하는 어린 아이들을 부정한 방식으로 공급하는 부정한 방법들이 만들어졌다.

입양 기관이 운영하는 시설에서 지내는 비혼모들은 아이를 위해 양육권을 포기하라는 조언을 듣곤 한다. 이에 반하는 선택을 하는 비혼모들은 쫓겨난다.

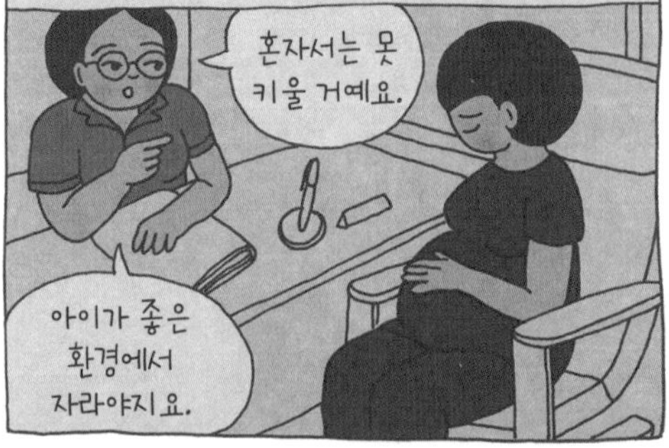
혼자서는 못 키울 거예요.
아이가 좋은 환경에서 자라야지요.

이들은 이해할 수 없고 읽을 수도 없는 서약을 하도록 강요받는다. 입양 후에도 아이를 정기적으로 만나거나, 아이가 자라서 나중에 자신에게 돌아올 수 있다고 믿으면서.

여기에 이름을 쓰세요.
학교를 졸업하면 돌아오겠죠.

어떤 아이들은 거리에서 유괴된 후, 돈을 받고 보육원으로 넘겨져 '유기 아동'으로 지정된다.

주로 일을 나갔을 때 아이를 잃기 때문에 부모가 받는 충격은 회복하기 힘들 정도다.

이런 아이들은 합법적인 '서류상 고아'로 바뀐다. 그런 과정에서 신원 미상으로 버려져 교회 계단, 경찰서 앞, 병원 밖에서 발견되었다고 하는 배경 이야기가 만들어진다. 아이를 위해 고통스럽지만 희생할 수밖에 없었던 비혼모에 대한 감상적인 이야기가 따라붙기도 한다. 이런 나라들은 아이에게 더 나은 삶의 기회를 주려고 자발적으로 양육권을 포기하는 부모들로 넘쳐난다는 이미지가 만들어지는 것이다.

나는 왜 고아가 됐을까? 입양 과정에서 어떤 일이 있었던 걸까?
스웨덴 행정 기관이 입양을 결정한 근거가 내 호적 초본이래. 하지만 이것과 다른 서류도 있어.
허위 정보 서류 때문에 당신이 입양되었을 수도 있다는 얘기네.
이거 당황스러운데.
대한사회복지회의 답을 기다리는 동안 내가 검색해 볼게.
여러 기관에 이메일을 보낼게. 당신이 있던 보육원을 알아내야 해.
운이 좋다면 영어로 우리를 도와줄 수 있는 사람을 찾아내겠지.
리치가 내 입양보고서에 적힌 주소들을 구글에서 검색했다. 그 가운데 한 곳만 부산에 있었다.
City Hall
시청역
병원 주소를 검색하니 시청이 나오네. 예전에 병원이 있던 자리일까?

한국 부모님을 찾고 있다고 다른 이들에게 이야기 하기 시작했다.
…그래서 한국에 문의를 했어. 그냥 기다려 보는 거지.
각가지 반응이 나왔다.
리사, 왜 그러니? 그러면 행복해질 거라고 생각해?
그러려고 찾는 게 아니야. 내가 어디서 왔는지를 알고 싶고, 그 답을 찾으려는 거야.
나랑 애들을 위해서라고!
스웨덴의 양부모님이 이 일을 어떻게 느낄지 궁금해 하는 이들도 있었다.
부모님이 힘들어 하실 거라는 생각은 안 해?
내가 뿌리를 찾는 일을 잘못이라 뒤집어 씌우는 질문들이었다. 짜증이 났다.
왜 부모님이 힘들어 하실 거라고 생각해? 입양을 했다면, 자식이 궁금해 할 수 있다는 걸 당연히 고려했어야지.
모두 자신의 기원에 대해 질문한다. 입양인이 그러면 왜 그리도 따따부따할까?
아빠가 가문 연구를 시작했을 때 이상하게 생각한 사람이 있었던 일과는 성격이 달라.

답을 좀 받았어!
당신이 태어난 병원에 대해 아는 사람이 하나도 없는 것 같아.
그 병원에 대해 들어 본 적도 없대!
뭐? 전혀 들어 본 적이 없다고?
하지만 서류나 업무일지 같은 자료는 남아 있지 않을까?
뿌리를 찾는 사람들은 시간과 싸우게 된다. 하루하루 지날수록 만남의 기회가 줄어들었다. 관련 기관이 문을 닫았다는 연락을 받을 때마다 스스로를 탓했다.
실망하지 않으려고 애썼다. 결과에 집착하지 않겠다고 다짐했다. 입양 과정에 대해서만 알아보자고 스스로를 설득했다.

한국에서 펴낸 보고서에 따르면, 1995~2005년에 8만 명에 가까운 입양인들이 뿌리를 찾으러 왔으나, 3퍼센트 미만만 가족을 만났다고 한다.
•Seoul
Korea
대한민국
가족을 찾으면서 다른 많은 입양인들과 알게 되었다.
와, 페이스북 그룹이 천 개나 있어!
어릴 때 이런 게 있었으면 좋았을 텐데.
여러 입양 커뮤니티에도 가입했다.
입양
분류
입양과 인종차별주의
입양의 진실과 화해를 위한 한국 커뮤니티
입양의 진실과 투명성 글로벌 네트워크
입양 개혁 인터내셔널
입양
입양인들의 출신 국가는 다양했지만, 비슷한 이야기들이 많았다.
유한나 룬드크비스트
11시간 전
입양인으로 산다는 것은 여러 문제들과 맞닥뜨린다는 뜻이다. 무엇보다도 인종차별주의 및 입양과 관련된 거짓과 싸워야 한다. 가장 어려운 것은 여기저기에서 마주치는 인종차별주의가 아니라, 입양 커뮤니티나 가족 안에서의 차별이다. 나만의 이야기가 없을 때가 가장… (더 보기)
사방에 이런 광고들이 있다.
어머니를 찾습니다
아버지와 자매를 찾습니다
부모님을 찾습니다
형제자매를 찾습니다
어머니를 찾습니다
가족을 찾습니다
그러나 입양 보낸 자식을 찾는 부모들도 있다.
애타게 딸을 찾는 어머니
아버지가 아들을 찾습니다
여동생을 찾습니다
부모가 아들을 찾습니다
잃어버린 딸을 찾습니다
가족이 아이를 찾습니다

친부모님도 나를 찾고 있을까?
나는 늘 부모님이 나를 버렸을 거라고 생각했어. 그렇게 체념하는 게 더 쉬웠거든.
하지만 이걸 봐. "아이를 낳은 친모들은 해외 입양이 가족 관계를 완전히 끊는다는 사실을 이해하지 못했다….
…언젠가 다시 만나더라도 아이들의 십중팔구는 한국어로 말할 수 없을 거라는 사실을 짐작하지 못했다. 친모 스스로 결정하지 않으면, 다른 식구들이 나서서 아이를 입양 기관에 보내겠다고 위협하기도 했다."
입양인의 친부모는 늘 잊혀지는 것 같아. 우리가 입양되자마자 자신의 존재가 끝나 버린 것처럼.
그 슬픔에 대해서는 아무런 말이 없어. 원칙적으로 모든 입양은 원래 가족이 해체되었을 때만 가능해야 해.

나도 이런 상황이 비현실적으로 느껴졌다. 나의 삶도 이렇게 불쾌한 역사의 일부라는 게 당혹스러웠다.
나는 조심스럽게 몇몇 커뮤니티에 글을 올리기 시작했다. 반응이 빨랐다. 하나같이 지지와 이해를 담은 내용이었다. 서로 비슷한 감정을 느끼는 '우리'가 생각보다 훨씬 많았다.
다른 수많은 입양인들의 이야기를 읽었다. 그들의 경험이 어떻게 박탈되고 재해석되며, 그들의 감정 표현에 대한 권리를 어떻게 비입양인 전문가들이 판단하는지에 대해서도 읽었다.
이런 커뮤니티는 누구에게나 열려 있다고 주장한다. 하지만 실제로는 입양에 긍정적인 의견들만 반기며 비판적인 목소리를 지우는 역할을 하고 있었다.
입양에 비판적인 시각은 입양을 고마워할 줄 모르고 적의를 품은 것으로 무시되기 일쑤였다. 또한 끊어진 뿌리를 찾는 것은 사회에 적응하지 못한 문제아들만의 일로 여겨졌다. 사랑을 받으면서도 사랑을 받아들이는 능력이 없는….
어떻게 원래 가족에 대한 그리움을 혐오스럽고 병적인 것이라 여길 수 있을까?
엄마 뭐 해? 그거 말고 핑구 보자.
오케이!

거의 20년 전에 처음으로 뿌리를 찾기 시작했을 때, 나는 입양센터가 보낸 편지에서 철저한 무관심을 읽었다. 센터는 자기들 마음대로 내 배경을 짐작하고, 친어머니를 찾는 일을 그만두는 게 좋겠다고 조언했다.

"리사 씨의 출생과 입양에 대해 친모가 아무 이야기도 하지 않았을 가능성이 높습니다. 우리는 그분에게 현재 다른 가족, 즉 남편과 자식이 있기를 바랄 뿐입니다. 따님이 살아있다는 사실이 밝혀지면 그분의 가족은 물론, 여러 사람이 고통스러울 수 있습니다.

입양을 결정했을 때, 친모는 다른 방법이 없었을 것입니다. 저 역시 그분이 결코 따님을 잊지 않았으리라 확신합니다. 단지 우리는 그분이 어디서 어떻게 살고 있는지 알지 못할 뿐입니다."

나도 뿌리를 찾기 시작하면서 양부모님이 슬퍼할까 봐 두려웠다. 그분들이 이 일로 자책하게 될까 봐 두려웠다.
입양인들은 자기와 가까운 사람들을 배려하기 위해 스스로의 생각과 감정을 뒷전으로 해야 하는 일이 너무 잦다.
입양인들은 양부모님에게 상처를 입히면 안 되는 존재다. 또한 이런 질문과 행동이 우리와 생각이 다른 입양인들을 모욕할 수 있다는 사실도 고민해야 했다.

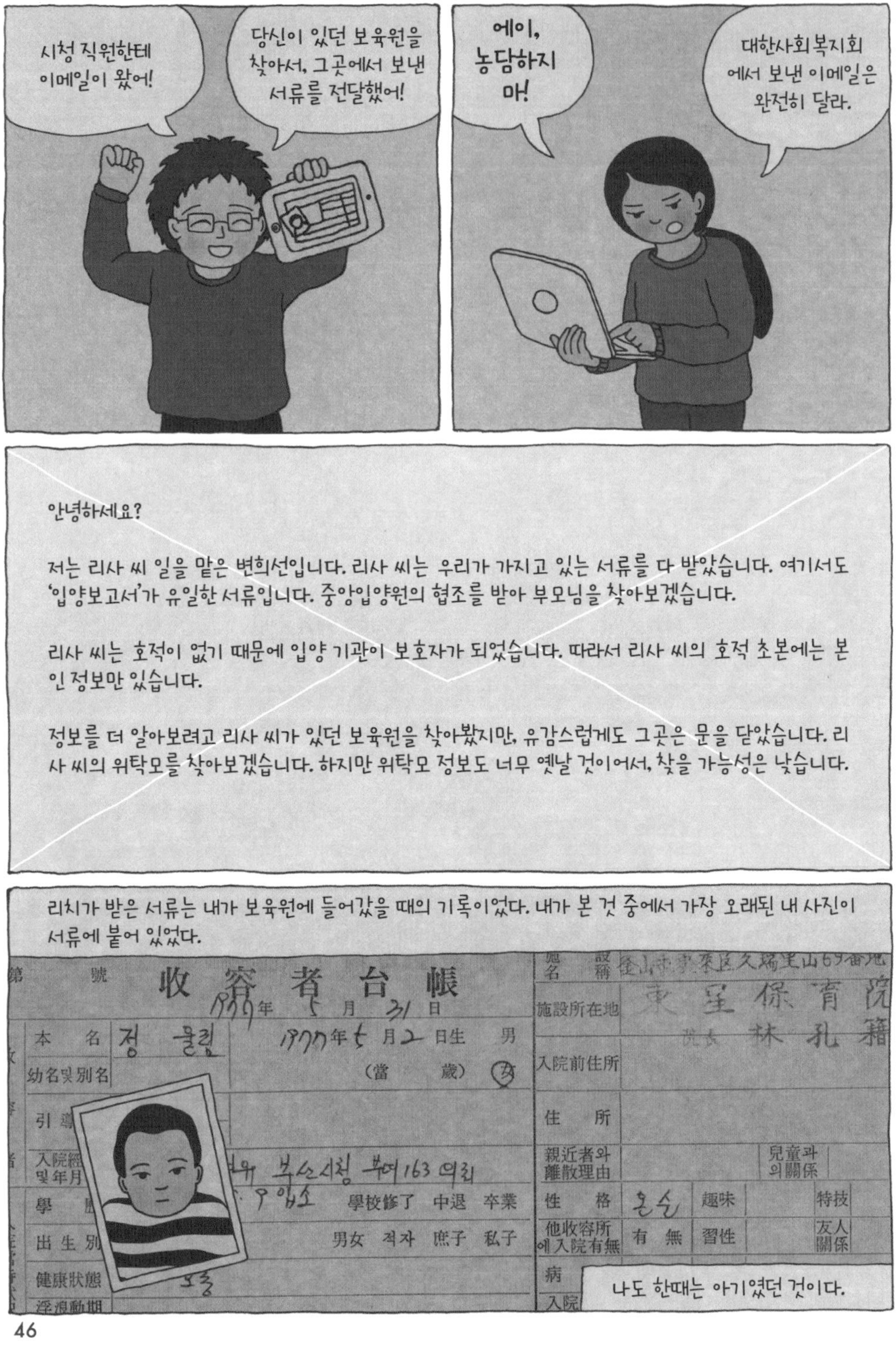
시청 직원한테 이메일이 왔어!
당신이 있던 보육원을 찾아서, 그곳에서 보낸 서류를 전달했어!
에이, 농담하지 마!
대한사회복지회에서 보낸 이메일은 완전히 달라.
안녕하세요?
저는 리사 씨 일을 맡은 변희선입니다. 리사 씨는 우리가 가지고 있는 서류를 다 받았습니다. 여기서도 '입양보고서'가 유일한 서류입니다. 중앙입양원의 협조를 받아 부모님을 찾아보겠습니다.
리사 씨는 호적이 없기 때문에 입양 기관이 보호자가 되었습니다. 따라서 리사 씨의 호적 초본에는 본인 정보만 있습니다.
정보를 더 알아보려고 리사 씨가 있던 보육원을 찾아봤지만, 유감스럽게도 그곳은 문을 닫았습니다. 리사 씨의 위탁모를 찾아보겠습니다. 하지만 위탁모 정보도 너무 옛날 것이어서, 찾을 가능성은 낮습니다.
리치가 받은 서류는 내가 보육원에 들어갔을 때의 기록이었다. 내가 본 것 중에서 가장 오래된 내 사진이 서류에 붙어 있었다.
收容者台帳
本名
幼名및別名
入院前住所
住所
親近者와離散理由
兒童과의關係
性格
趣味
特技
他收容所에入院有無
有 無
習性
友人關係
學校修了 中退 卒業
男女 적자 庶子 私子
健康狀態
東星保育院
나도 한때는 아기였던 것이다.

동성원
친구 추가
+ 팔로우
메시지
이거 봐! 보육원에 페이스북 페이지와 유튜브 채널도 있어!
대한사회복지회가 거짓말한 것 같아! 시청 직원이 보육원 찾는 데 1초면 되잖아! 페이스북과 구글 지도에선 2초 걸리고.
대한사회복지회가 위탁모 관련 서류를 주지 않은 것 같아. 내가 받은 문서에는 위탁모에 대해 한 마디도 안 나와.
왜 대한사회복지회에서는 당신의 입양보고서 영어 번역본만 남아 있다고 할까?
그쪽 말을 믿을 수 없다는 게 두려워. 그럼 이제 어떻게 하지?

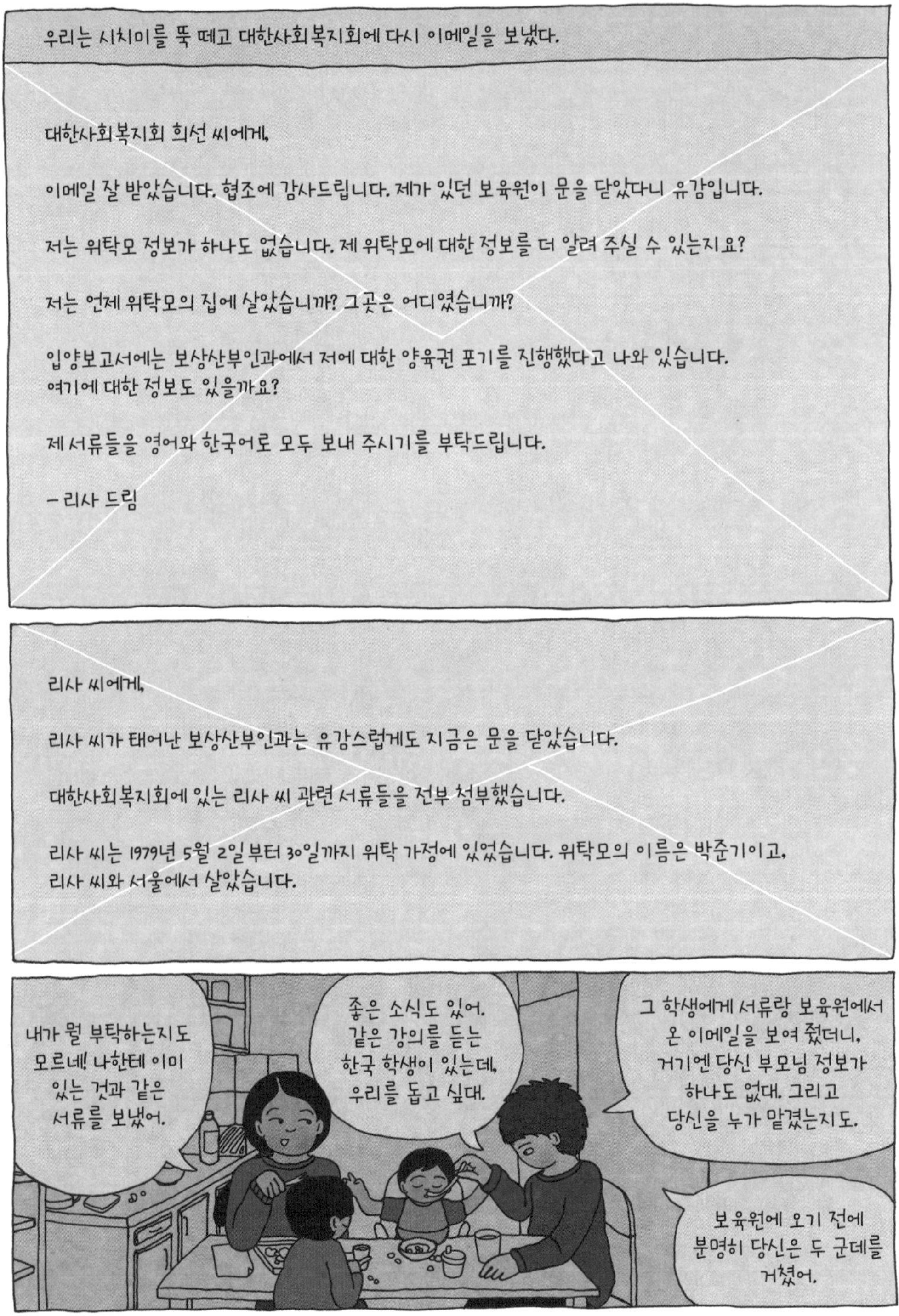
우리는 시치미를 뚝 떼고 대한사회복지회에 다시 이메일을 보냈다.
대한사회복지회 희선 씨에게,
이메일 잘 받았습니다. 협조에 감사드립니다. 제가 있던 보육원이 문을 닫았다니 유감입니다.
저는 위탁모 정보가 하나도 없습니다. 제 위탁모에 대한 정보를 더 알려 주실 수 있는지요?
저는 언제 위탁모의 집에 살았습니까? 그곳은 어디였습니까?
입양보고서에는 보상산부인과에서 저에 대한 양육권 포기를 진행했다고 나와 있습니다.
여기에 대한 정보도 있을까요?
제 서류들을 영어와 한국어로 모두 보내 주시기를 부탁드립니다.
— 리사 드림
리사 씨에게,
리사 씨가 태어난 보상산부인과는 유감스럽게도 지금은 문을 닫았습니다.
대한사회복지회에 있는 리사 씨 관련 서류들을 전부 첨부했습니다.
리사 씨는 1979년 5월 2일부터 30일까지 위탁 가정에 있었습니다. 위탁모의 이름은 박준기이고,
리사 씨와 서울에서 살았습니다.
내가 뭘 부탁하는지도 모르네! 나한테 이미 있는 것과 같은 서류를 보냈어.
좋은 소식도 있어. 같은 강의를 듣는 한국 학생이 있는데, 우리를 돕고 싶대.
그 학생에게 서류랑 보육원에서 온 이메일을 보여 줬더니, 거기엔 당신 부모님 정보가 하나도 없대. 그리고 당신을 누가 맡겼는지도.
보육원에 오기 전에 분명히 당신은 두 군데를 거쳤어.

지금 우리가 알고 있는 건 이 정도야.
나는 1977년 5월 2일 20시 30분에
지금은 없어진 병원에서 태어났고, 알 수 없는
두 곳을 거쳐 생후 일주일 만에 보육원으로 갔어.
1979년 5월 2일 서울에 있는
위탁 가정에서 한 달 동안 살았어.
1979년 5월 30일 도쿄 행 비행기를 탔고,
도쿄에서 이름 모를 보호자와 같이 스웨덴으로 떠났지.
1979년 7월 3일 스웨덴에 도착했는데,
정확한 생년월일 정보는 있지만 출생증명서는 없어!
다른 시청 직원도 답장했어.
당신 자료를
경찰에게 넘겨
문의해 보면 어떻겠냐고.
우리한테 있는 정보를
전부 이메일로 보낼게.
그쪽에서 우리 문제를 다시
대한사회복지회로
넘기겠다는 말만 하지
않는다면.
나는 대한사회복지회에서 답을 받으려는 헛된 시도를 계속했다.
이메일 잘 받았습니다. 번거롭게 해 드려 미안하지만, 저의 배경에 대해
사소한 정보라도 얻고 싶습니다. 몇 가지 새로운 질문을 드립니다.
1. 제가 태어난 병원 주소가 어떻게 되는지요?
2. 저의 위탁모를 찾을 수 있을까요?
3. 저의 생년월일이 초본에는 추정 날짜로 적혀 있고, 입양보고서에는
정확한 날짜로 적혀 있습니다. 생년월일은 음력 또는 양력과 일치하나요?
4. 부모님의 이름이 맞는지 알 수 있을까요?
5. 부모님을 찾는 일은 어떻게 되고 있는지요?

한국어 야간 강의에서 공부를 시작했다. 수강생은 대부분 입양인들이었다.
안녕하세요? 잘 지내요!
이화 한국어
모어를 돈 내고 공부해야 하다니 짜증나네. 입양하는 사람은 보조금으로 4만 크루나나 받으면서.
리치와 같은 강의를 듣는 민정 씨를 만나면서, 언젠가 한국 사람을 보았을 때의 조마조마한 그 느낌을 다시 받았다.
진짜 한국 사람으로 살면 어떤 기분일까….
말도 안 되는 한국 관련 질문들을 하면서 서양 얼간이가 된 기분이었다.
김치랑 불고기 말고 뭘 먹죠?
한국 사람들은 해외 입양인이 얼마나 많은지 알고 있나요?
민정 씨는 서류 해석을 도와주었다.
도와줘서 고마워요!
스웨덴에서 꽤 외로웠어요. 그냥 외국 바보 같지요.
여기서 공부하는 보람을 이제야 찾네요.
리사 씨 부모님 찾는 일에 제 한국어가 도움이 되면 좋겠어요.

리치가 이메일을 보내고 며칠 뒤, 부산 경찰이 페이스북으로 부모님을 찾고 있다는 사실을 발견했다.
와, 반응이 빠르네! 이제 당신은 부산의 스타야!
제발 부모님이 이걸 봤으면!

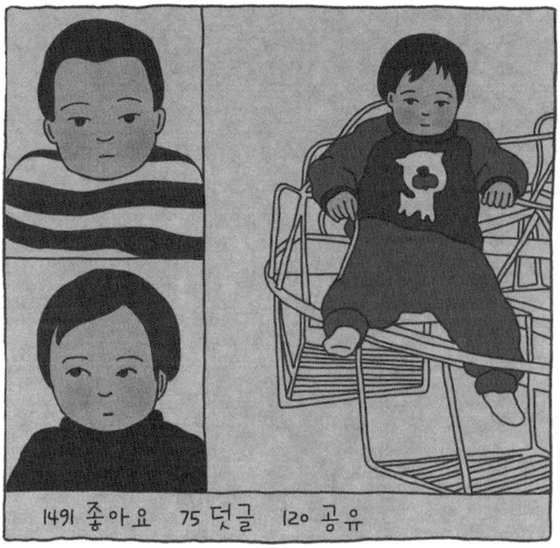
1491 좋아요 75 댓글 120 공유

리사 씨에게,

1. 리사 씨가 태어난 병원은 부산 영도구 대교동에 있었습니다.
2. 리사 씨 관련 정보는 모두 보육원에서 받았고, 그 정보가 정확하다는 전제에서 일을 진행했습니다.
3. 대한사회복지회는 리사 씨 부모님을 따로 만나지 않았습니다. 그래서 리사 씨 생년월일을 '추정'으로 등록한 것입니다.
4. 리사 씨 부모님 관련 정보도 모두 보육원에서 받았습니다.
5. 전에 말씀드린 대로, 제가 찾은 모든 정보는 이미 리사 씨에게 보냈습니다. 중앙입양원에도 리사 씨 서류 전부를 보냈으며, 정보가 더 들어오면 다시 연락드리겠습니다.

대한사회복지회 희선 씨에게,

답변 감사합니다. 정말 감사드립니다. 하지만 저와 제 입양에 대한 서류가 너무 적어서 실망을 한 것도 사실입니다. 정말로 더 없을까요? 제가 구하고 싶은 서류들을 정리해 보았습니다.

1. 입양보고서 원본.
2. 위탁 가정 관련 정보가 있는 서류.
3. 출생증명서.
4. 부모님이 양육권 포기를 서명한 서류.
5. 제 입양 건에 대한 연락 담당처. 예를 들면, '부산시 아동상담소'라는 기관이 관련 있다고 나와 있습니다만. 그 부분에 대해 더 아시는 것이 있는지요?

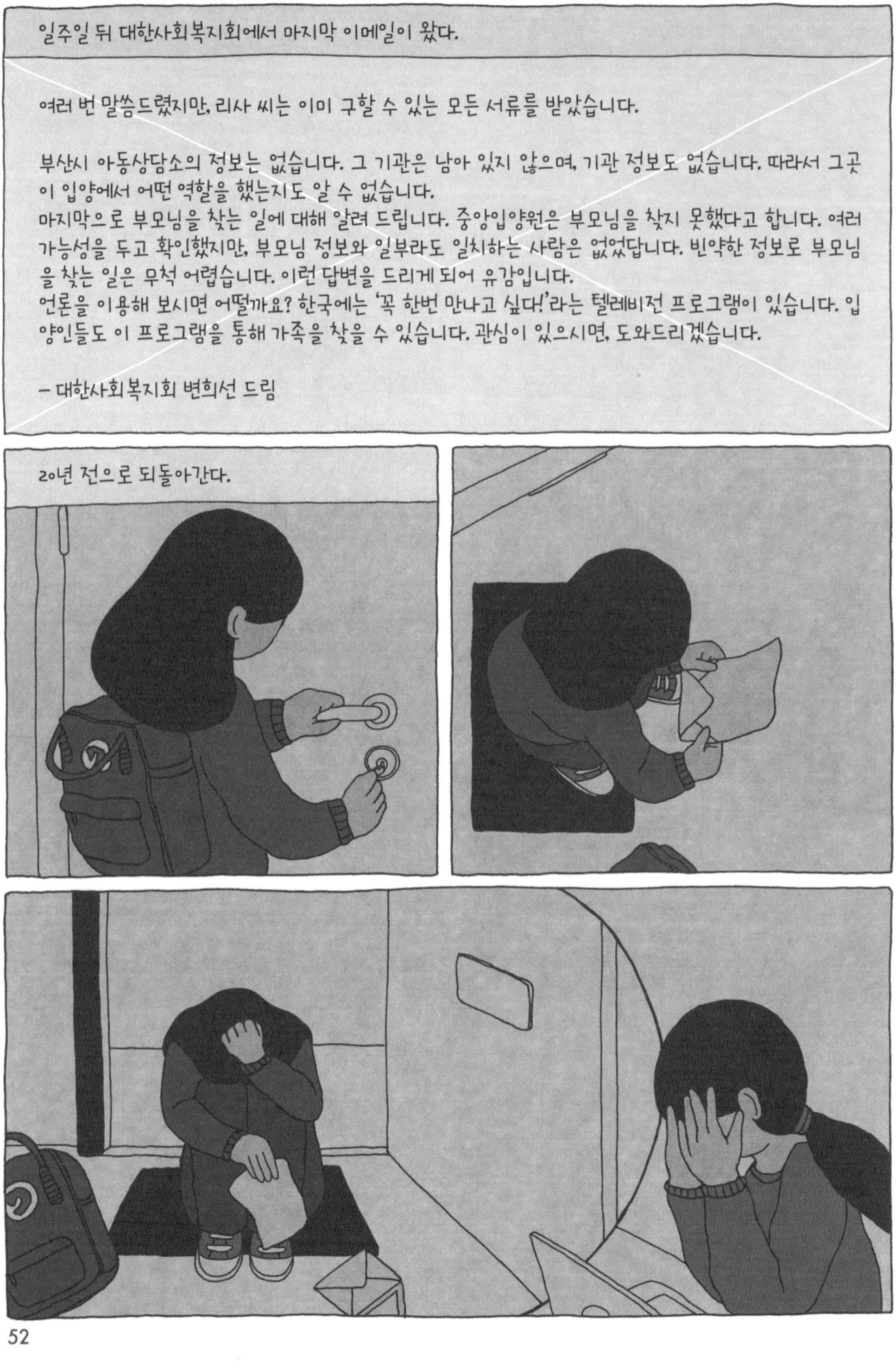
일주일 뒤 대한사회복지회에서 마지막 이메일이 왔다.
여러 번 말씀드렸지만, 리사 씨는 이미 구할 수 있는 모든 서류를 받았습니다.
부산시 아동상담소의 정보는 없습니다. 그 기관은 남아 있지 않으며, 기관 정보도 없습니다. 따라서 그곳이 입양에서 어떤 역할을 했는지도 알 수 없습니다.
마지막으로 부모님을 찾는 일에 대해 알려 드립니다. 중앙입양원은 부모님을 찾지 못했다고 합니다. 여러 가능성을 두고 확인했지만, 부모님 정보와 일부라도 일치하는 사람은 없었답니다. 빈약한 정보로 부모님을 찾는 일은 무척 어렵습니다. 이런 답변을 드리게 되어 유감입니다.
언론을 이용해 보시면 어떨까요? 한국에는 '꼭 한번 만나고 싶다!'라는 텔레비전 프로그램이 있습니다. 입양인들도 이 프로그램을 통해 가족을 찾을 수 있습니다. 관심이 있으시면, 도와드리겠습니다.
– 대한사회복지회 변희선 드림
20년 전으로 되돌아간다.

부모님을 찾기 시작하면서 입양이 내가 실은 존재하지 않았다는 증거라고 느꼈다.
나는 내 존재가 실수라는 느낌을 갖고 자랐다. 원했던 아이를 버리는 사람이 있겠는가?
의미 없음
가치 없음
희망
이런 감정과 생각을 지우기 어려웠다. 내가 이야기를 나눠 보려던 사람들도 내 삶과 생각을 자기들 식으로만 해석했기 때문이다. 나는 죽음을 상상하면서, 내 뿌리에 대한 열망이 마법처럼 그치기 바랄 뿐이었다. 결국 정신병원 입원까지 하게 되었다.
의미 없음
가치 없음
희망 없음
그럼 넌 친어머니가 낙태를 했다면 좋았겠어?
거리에서 살았다면? 아니면 가족 없이 보육원에 남았으면 어땠을까?
하지만 한국에서는 여기보다 못살았을 거야. 스웨덴에는 집도 있고, 환경도 더 깨끗하고 병원 가기도 좋잖아.
여기 안 왔으면 몸을 팔거나, 부랑아가 됐을지도 몰라. 아니면 죽었거나.

약물 투여와 각종 치료와 숱한 시도를 해도 답을 찾는 일은 끝나지 않았다.
부모님, 특히 엄마에게 수백 통 편지를 썼다. 허접한 시도 산더미처럼 썼다.
가끔 아시아 사람을 보게 되면, 닮은 모습을 찾았다. 나를 찾아다니는 엄마라고 상상하며.
잠시 신을 찾기도 했다.
하느님께서는 우리 모두를 자식으로 사랑하십니다. 하느님 눈에 원치 않는 자식이란 하나도 없어요. 우리는 모두 특별하지요.
정말로 그 말을 믿고 싶었다. 내 존재에도 고귀한 의미가 있다고. 실수로 태어나는 사람은 아무도 없다고.
하지만 그럴 수 없었다.
그럼에도 몸속에서 깊어지는 감정이 있었다. 고통이나 열망도 한 사람의 일부이다. 죽지 못한다면 살 방법을 찾아내야 할 뿐.

대한사회복지회 희선 씨에게,

저는 리처드 와이버라고 합니다. 저는 리사 문제와 관련한 모든 연락을 맡을 것입니다. 저도 관련자 여러분의 어려움을 이해하고 있습니다. 하지만 대한사회복지회에게는 살아 있는 입양인들과 그들의 삶에 대한 책임이 있습니다. 이 단체가 입양으로 갈라놓은 가족들의 상처를 완전히 치유할 수는 없겠지만, 이제 성인이 된 입양인들을 존중하고 대우하여, 이들의 배경을 조사하고 알려 줄 수는 있을 것입니다. 진실이 고통스럽거나 단체에 불리한 상황을 만들게 되더라도 말입니다.

리사는 수차례 정보를 요청했습니다. 그러나 대한사회복지회는 리사가 합법적으로 입수할 권리가 있는 서류 제공을 거듭 거부했습니다. 당신은 이미 리사가 가능한 서류를 다 받았다고 말했지만, 그렇지 않습니다. 대한사회복지회에는 분명히 리사의 친부모 관련 정보가 있습니다. 왜 그 서류를 보내지 않았습니까? 당신은 입양보고서의 영어 번역본만 있다고 답했습니다. 그러나 번역본만 보관하고 한국어 원본을 버렸다는 설명을 믿을 수 없습니다.

그래서 저는 대한사회복지회가 리사의 파일에 있는 서류를 모두 보내줄 것을 요청합니다. 저는 한국어 원본의 사본을 원합니다. 희선 씨에게 권한이 없다면, 제가 연락할 담당자가 누구인지 알려 주십시오.

대한사회복지회가 지금까지 리사의 가족을 찾기 위해 어떤 일을 했는지에 대한 내용도 이메일로 보내 주시면 감사하겠습니다. 저는 이 정보에서 확인된 사항이 있는지, 그 정보가 맞는지, 아니면 가공된 정보로 서류를 위조했는지를 알고 싶습니다. 만약 위조되었다면 왜 그랬는지, 누가 책임자인지도 알고 싶습니다.

리사의 배경을 밝히는 것은 어려운 일일 수 있습니다. 하지만 희선 씨가 보내 준 정보가 틀렸다는 것을 우리는 알고 있습니다. 희선 씨는 보육원이 문을 닫았다고 했지만, 우리는 몇 주 전에 그 보육원에서 서류들을 받았습니다. 부산시 아동상담소에 대한 정보 미제공과, 리사의 입양이 개인적인 방식으로 진행됐다는 사실은 (스웨덴의 관점에서 보면) 불법입니다. 진실이 어떻든 간에 리사는 답을 들을 준비가 되어 있습니다. 리사는 자신의 입양에 대한 진실을 알고 싶을 뿐입니다.

— 리치 드림

리치 씨에게,

이미 수차례 말씀드렸지만, 리사 씨에 대한 입양보고서의 한국어 원본은 없습니다. 당시에는 서류 보존을 제대로 하지 않았고, 대한사회복지회도 마찬가지였습니다. 그런 이유로 1960~70년대에 이루어진 입양들에 대해서는 정보가 충분히 없고, 따라서 가족을 찾기 매우 어려울 수 있습니다.

보육원에 연락을 해서 리사 씨에 대한 모든 서류를 달라고 요청했습니다. 부산시 아동상담소에 대해서도 물었지만, 그에 대한 정보는 전혀 없었습니다. 대한사회복지회는 리사 씨에 대한 배경 정보를 토대로 가능한 모든 답변을 드렸음을 다시 한 번 말씀드립니다. 리사 씨 입양을 요약한 입양아동종합기록표를 첨부합니다.

리치는 이 과정에서 연락이 안 되던 중앙입양원에도 이메일을 보냈다. 중앙입양원은 대한사회복지회와 함께 부모님을 찾고 있다는 사실을 확인하는 짧은 답 메일을 주었다.

리치 씨에게,

답변이 오래 걸려 미안합니다. 이번 일은 정말 유감입니다. 대한사회복지회와 연락을 했습니다만, 리사 씨의 입양보고서 한국어 원본이 없다고 합니다. 1960~70년대에는 서류 보관 관례가 없었기에 정보가 없는 경우가 많습니다. 하지만 한국어 원본과 영어 번역본은 대체로 내용이 일치합니다.

'부산시 아동상담소'에 대해서도 듣지 못했습니다. 시 당국이 일시적으로 운영했던 보육원 같기도 합니다. 대신에 '부산시 아동보호종합센터'의 정보를 입수했습니다. 이 센터는 1987년부터 보육원을 운영해 왔습니다. 센터 연락처를 이메일에 첨부하여 보내 드립니다. 리사 씨가 있었던 보육원과도 연락했는데, 그곳에는 리사 씨 정보가 있다고 하는군요. 공식적으로 열람 협조 요청을 했으니, 서류를 받으면 연락을 드리겠습니다.

중앙입양원 공미나 드림

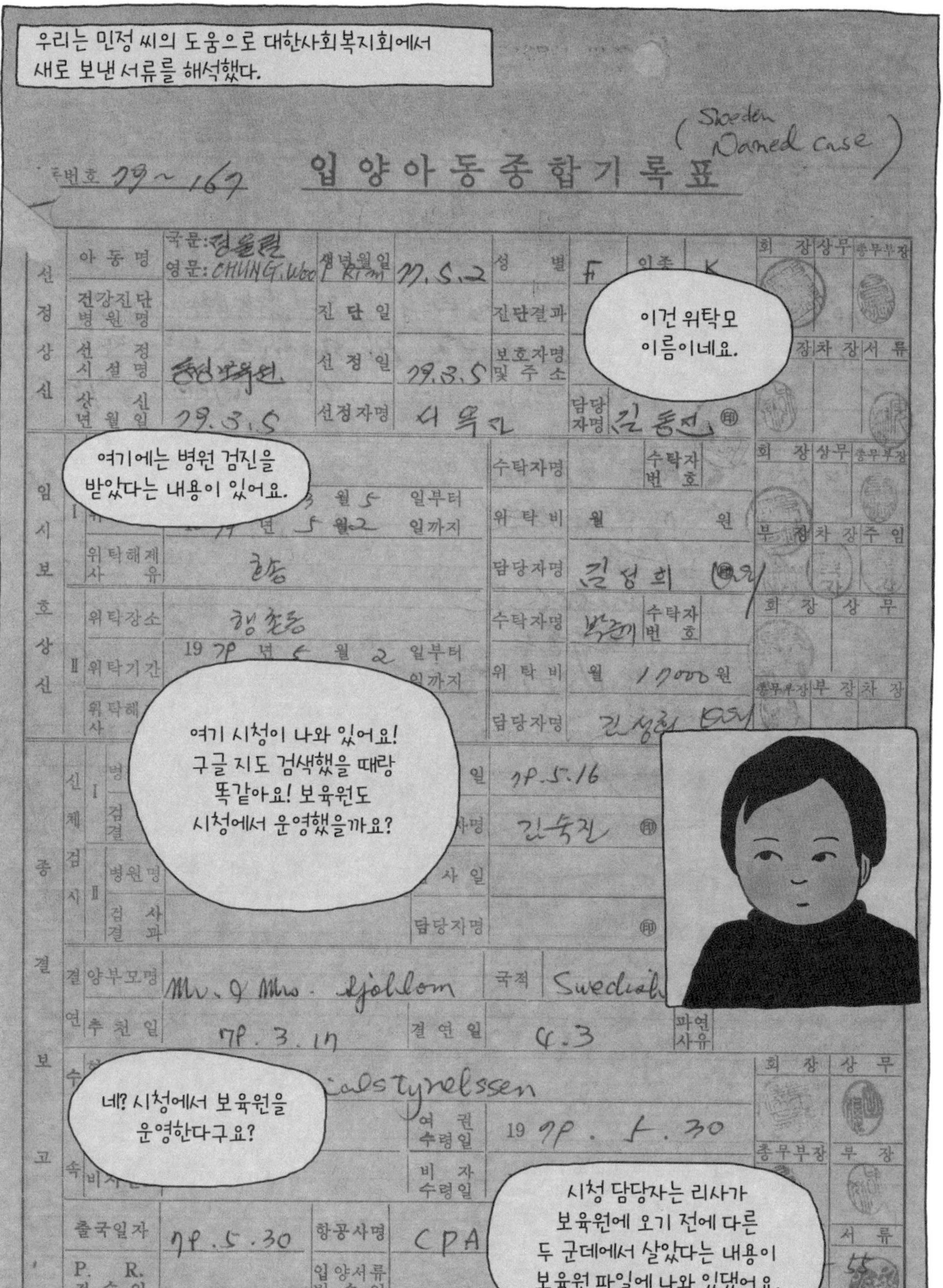
우리는 민정 씨의 도움으로 대한사회복지회에서 새로 보낸 서류를 해석했다.
입양아동종합기록표
이건 위탁모 이름이네요.
여기에는 병원 검진을 받았다는 내용이 있어요.
여기 시청이 나와 있어요! 구글 지도 검색했을 때랑 똑같아요! 보육원도 시청에서 운영했을까요?
네? 시청에서 보육원을 운영한다구요?
시청 담당자는 리사가 보육원에 오기 전에 다른 두 군데에서 살았다는 내용이 보육원 파일에 나와 있댔어요.

대한사회복지회 희선 씨에게,

보내 주신 서류와 솔직한 답변에 감사드립니다. 서류가 보관되지 않던 시절의 가족을 찾는 건 어려운 일이겠지요. 하지만 대한사회복지회가 서류의 한국어 원본 대신 영어 번역본만 보관하고 있다는 것이 이상하다는 점에 대해서는 의견을 같이하실 듯합니다. 리사 관련 정보를 많이 모으는 일이 저희에게 아주 중요하기에, 사소한 실마리가 될 서류라도 보내 주신다면 정말 고맙겠습니다.

보육원에서 보낸 서류 사본을 첨부합니다. 이 서류에는 부모님 이름이 없습니다. 리사는 5월 9일에 보육원에 왔고, 그 전에는 시청과 아동상담소에 있었다고 합니다. 그렇다면 부모님이 리사를 보육원이 아니라 시청이나 아동상담소에 넘겼다는 뜻일까요? 보육원에 부모님 정보가 없다 해도, 혹시 시청에는 리사에 대한 정보가 있을까요?

부모님 이름이 다른 어떤 서류에도 없다 해도, 희선 씨와 그곳 전문가들이 다음 질문에 답을 해 주시면 좋겠습니다.

1) 입양보고서는 입양할 부모를 위해 작성된다는 사실은 알고 있습니다. 하지만 입양인들은 자신에 대한 정보가 서로 너무 비슷하다는 사실에 당황스러워합니다. 혹시 한국어 입양보고서가 아예 작성 안 됐을 수도 있을까요?
2) 혹시 리사의 친부모님과 가족 배경 정보도 만들어 낸 것일 수 있을까요?

리사의 친부모님을 찾을 가능성은 아주 낮겠지요. 하지만 우리는 그런 정보를 찾고 싶습니다. 이것은 리사뿐만 아니라 우리의 두 아이를 위해서도 중요한 일입니다. 아직 아이들은 아주 어립니다. 하지만 곧 묻기 시작할 것입니다. 자신의 뿌리에 대해, 그리고 자신의 생김새가 다른 아이들과 다르게 보이는 이유에 대해서요. 우리는 아이들에게 사실을 정확하게 알려 줄 수 있기를 원합니다. 아이들에게 해 줄 이야기가 있기를 원합니다. 우리는 아이들이 자신의 뿌리에 대해 자랑스러워하며 성장하기를 원합니다.

— 리치 드림

중앙입양원 공미나 씨에게,

이메일 잘 받았습니다. 리사의 친부모님을 찾고 있다는 소식을 들으니 기쁩니다. 한 가지 부탁을 더 드리고 싶습니다. 1977~79년에 보육원에서 일했던 사람에 대해 알아봐 주실 수 있을까요? 리사를 돌봐 주었고 리사의 배경을 조금 더 알 수 있는 분과 이야기를 나누고 싶습니다.

리사가 부산시 운영 기관에 맡겨졌다면, 리사가 그곳에 있었다는 문서가 있어야 하겠지요? 제 생각에는 리사 부모님이 양육권 포기를 확인하는 서류를 썼을 겁니다. 시에 요청해서 리사가 그곳에 있었다는 사실을 기록한 서류를 알아봐 주실 수 있을까요? 입양보고서에는 보육원에서 이름을 지어 주었다고 합니다. 그렇다면 친부모님 이름이 적힌 서류도 있을 것 같습니다.

대한사회복지회에서도 서류를 받았지만, 입양 요약 기록입니다. 이 서류에 나온 이름들에 대해 더 알고 싶습니다. 읽어 보시고 정보를 더 찾을 수 있을지 알아봐 주시기를 부탁드립니다.

— 리치 드림

대한사회복지회 서류는 선명하지 않아 확대해서 보았다.

와, 이거 놀라운데!
…뒷면이 있어! 뒤집으면 그 내용을 볼 수 있겠어!
확대해서 보았더니…

리치가 바로 대한사회복지회에 이메일을 보냈다. 서류 뒷면이 답신으로 왔다.

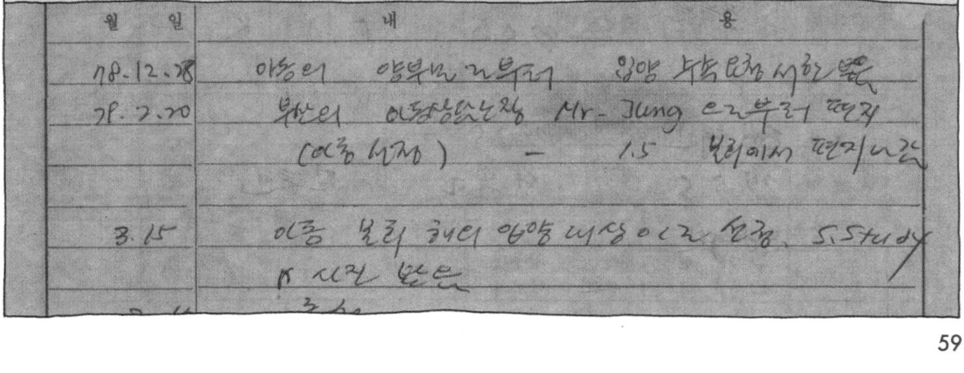
월 일
내 용
78.12.28
Mr-Jung
1.5
3.15
S.Study

아무리 물어도 답이 없더니 그 서류에 이름이 있었어. 그들이 가지고 있으면서도 숨기려 했던 다른 정보가 얼마나 더 있을지 궁금해.
중앙입양원은 보육원 서류를 보냈어. 이미 있는 거하고 같은 게 분명해.
한 가지는 정확하게 알았어. 당신이 부산시 관할 기관로 넘겨졌다는 사실 말이야. 그렇다면 시청 같은 곳에 관련 서류가 있지 않을까? 정부로 양육권이 넘어간 아이가 기록되는 주민등록기록 보관소 같은 거 말이야. 그래서 구글에서 검색했을 때 시청이 나온 건지도 몰라.
그때는 당신이 태어난 병원이 지금 시청 자리에 있었던 걸로 알았어. 하지만 그 주소가 당신이 태어난 곳이 아니라, 당신 일을 처리한 곳이라고 생각해 봐. 그럼 시청은 친부모님이 공식적으로 양육권을 포기하러 갔던 곳이 아닐까? 당장 이메일로 물어볼게.

답장이 바로 왔다. 시청에 내 서류가 있었다고 한다.
하지만 중앙입양원으로 모든 서류가 갔어.
그럼 서류를 못 보겠네.
중앙입양원 미나 씨에게,
부산시에서 리사 서류를 중앙입양원으로 보냈다는 사실을 알게 되었습니다. 서류가 도착하는 대로 빨리 알려 주시고, 제게도 보내 주시면 고맙겠습니다.
– 리치 드림
리치 씨에게,
시청에서 서류를 받았습니다.
유감스럽지만 리사 씨 친어머니의 허락을 먼저 받아야 하기에 서류를 바로 보내 드릴 수 없습니다. 이 점 이해해 주시면 좋겠습니다.
– 중앙입양원 미나 드림
지금 서류를 다 보내 주면 좋겠습니다! 서류에 비밀로 해야 할 게 있다면 그것만 까맣게 가릴 수 있잖아요? 꼭 어머니가 허락을 해야 해요?
…그러니까 서류에 가족 정보가 있다는 거네요. 하지만 어머니를 못 찾으면요?
…하지만 다른 정보는 볼 수 있잖아요? 리사가 어떻게 살았는지…. 그건 리사에 대한 유일한 정보라고요.

답이 없었다. 리치는 다시 이메일을 보냈다. 그리고 한국의 경찰에게도 이메일을 보냈다.
당신 친부모님 정보에 일치하지 않는 내용이 있어서 조사가 늦어진다는 답장이 왔어.
이런, 무슨 일일까.
기다려 봐야지.
RING
결국 중앙입양원이 서류를 보냈어. 쉬는 시간에 민정 씨한테 보여 주려고. 나중에 전화할게!
응.

마침내 내 입양 배경을 알게 되었다. 내가 오랫동안 상상했던 그 많은 시나리오 중 하나와 비슷했다. 복잡한 하이틴 소설이랄까. 보육원에 가기 전에 이름을 받았다는 사실도 알 수 있었다.

민정 씨가 서류 내용을 옮겨 주었다.

친부모님은 성당의 한 동아리에서 알고 지냈다. 어느 날 저녁, 동아리에서 송별회가 있었다. 엄마는 열여섯 살이었다. 송별회가 너무 늦은 시간에 끝나는 바람에 엄마는 아빠 집에서 밤을 보냈다. 임신을 알았을 때는 4개월이 지나서였다. 낙태는 가톨릭 교리에 어긋난 일이었기에 엄마는 아기를 지키면서 8개월까지 임신을 비밀로 했다. 아빠는 임신을 알고 나서도 속수무책이었다.

둘 다 너무 어린 학생이어서 아기를 키울 수 없었고, 좋은 가정으로 입양되기를 바랐다. 친부모님은 아기를 해외 입양시키는 게 나을 것이라 생각했다.

미국의 청춘 영화에나 나올 듯한 얘기다. 청소년, 파티, 뜻밖의 임신과 원치 않은 아기.
엄마는 임신 8개월까지 비밀로 했대. 나를 키우려고 했던 것 같아.
사연이 너무 구체적이지 않아? 입양에 대한 배경 설명을 하는 데 이런 사적인 내용들이 왜 필요할까. 의심스러워.
잘 판단해서 들어야 해. 원래 감출 게 있는 사람은 구구절절 말이 많잖아.
그날 밤, 이상한 기분으로 잠자리에 들었다.
뭔가 마무리된 듯했다. 희망이 사그라졌다는 기분만 남았다.
그래, 어떻게든 되겠지.
계속 살아야 할 때가 된 것이다.

그런데 다음 날…
리사!!!
경찰이 당신 엄마 찾았대! 김 선생님이라는 분이 이메일을 보냈어.
이제 당신이 어디서 왔는지 알 수 있어!

3부
나에겐 나를 알 권리가 있다

희선 씨에게,

2주 전에 저는 양육권 포기 아동의 서류 보관에 대해 알아보려고 부산 시청에 연락했습니다. 시청에서는 리사의 서류를 바로 찾아냈습니다. 리사의 한국 부모님, 그분들의 생년월일, 양육권 포기 사유에 대한 다양한 정보가 있는 문서들이었습니다. 하지만 시청은 서류를 우리에게 보내지 않고, 중앙입양원으로 보냈습니다. 그런데 중앙입양원이 우리에게 서류 보내는 것을 거부하여 희망이 다시 사라지는 느낌이었습니다.

하지만 지난 금요일, 예기치 않게 부산 경찰이 연락을 해서 리사 어머니를 찾았다는 소식을 알렸습니다. 경찰이 리사 어머니의 이름과 나이에 맞는 사람들에게 모두 연락하는 데 한 달이 걸렸다고 합니다. 그 명단에서 일흔 번째 되는 사람이 리사의 친어머니였습니다.

리사는 아직 친어머니와 경찰의 연락을 기다리고 있습니다. 딸이 이토록 자기를 찾고 있었다는 사실은 친어머니에게도 충격이겠지요. 그분에게 이 일을 도와줄 수 있는 사람이 있기를, 필요한 지원과 조언을 받을 수 있기를 간절히 바랍니다. 희선 씨도 좋은 제안이 있다면 꼭 알려주십시오!

하지만 중앙입양원의 일 처리 방식에 대해서는 불만입니다. 몇 주 전에 희선 씨는 리사에게 이메일을 보냈습니다. 중앙입양원이 친부모님 찾는 일에 실패했다고요. 친부모님과 일부라도 정보가 일치하는 사람을 찾지 못했다고 말입니다. 저는 중앙입양원이 최선을 다해 리사의 친부모님을 찾지 않았고, 희선 씨에게 정확한 정보를 제공하지도 않았을 것이라고 생각합니다. 리사의 친어머니와 이름과 나이가 같은 사람들이 부산에만 120명 정도 살고 있어서 찾는 일이 어려웠다고 부산 경찰은 우리에게 알려 주었습니다. 그런데 중앙입양원은 정보가 일부라도 일치하는 사람이 없다고 답변했습니다.

리사의 친어머니를 찾는 일은 이렇게 간단했습니다. 친어머니는 숨지 않았습니다. 부산 시청이 보낸 자료에는 양육권 포기 서류에 명시된 그분의 정보가 정확하게 적혀 있었습니다. 이것은 중앙입양원이 얼마든지 시청에서 입수할 수 있었던 서류입니다. 중앙입양원이 직접 리사 어머니를 찾아내지 못한 것이 정말 유감입니다.

— 리치 드림

감정을 자제해야 했다. 진짜 어머니인지 아직 알 수 없으니까. DNA 검사를 해야 우리가 실제 모녀인지 알 수 있다.
찾은 사람이 엄마라고 경찰이 확신하는 이유가 뭘까? 더 자세히 알려주면 좋겠는데.
하지만 경찰은 사진을 보내 주었어!
경찰은 그분이 시간을 더 필요로 한다고 했어.
평생 볼 수 있길 바랐던 사진.
닮았어? 안 닮았나? 아니, 좀 닮지 않았어?
몇 달 뒤, 갑자기 한국에서 전화가 왔다.
리사 씨? 부산 경찰입니다. 어머님이 조금 있다가 통화를 하고 싶어 하세요.
민정 씨, 전화 받아요! 어서 일어나요!
민정 씨, 리사인데요! 집에 가도 돼요? 엄마가 조금 있다 전화한대요!
경찰 말로는 통역이 필요할 거래요!

행운을 빌어!
잘될 거야!
그분이 진짜 어머니라는 걸 알 수 있는 질문을 해야 해!
민정 씨 집으로 가는 버스를 탔다. 멍한 기분이었다.
한 번도 말해 본 적 없는 엄마한테 무슨 얘기를 하지?
오랫동안 기다렸고 너무 많이 상상했다. 그 상상 속의 모습이 현실처럼 되다시피 했다. 이제 엄마 목소리를 들을 수 있다…
기분이 어때요? 괜찮아요?
기분이… 기분이…

좋아요. 먼저
경찰 통역하고
통화할 거예요.
안녕하세요?
안녕하세요?

어머님이 지금 제 옆에 계신데
통화를 할 수 없을 정도로 많이 우세요.
대학생이던 아버님을 만났을 때
어머님은 고등학생이었어요.
외할머님이 리사 씨를 보육원에 맡겼고요.
어머님은 리사 씨를 찾아보려 했어요.
해외 입양 사실을 몰랐기 때문에 한국
에서만 찾았어요. 그러다가 새 가족이
생겨서 계속 찾기는 어려웠어요.
하지만 어머님은 리사 씨를
늘 그리워하고 잊지 않으셨대요.

아빠 이름을 아세요?
정효구 씨입니다.
아버님은 리사 씨가 태어난 뒤에 돌아가셨어요.
네!? 돌아가셨다고요?
아빠가 살아 계셨다면 두 분이 나를 키울 수 있었을까? 아마 한국에서 같이 살았겠지?
어머님은 결혼하셨고 자식이 둘이에요.
네!? 그럼 동생들이 있는 거네요!?
이름이 뭐예요? 나이는요?
물어볼게요!
여보세요? 여보세요?
어머니가 그 질문에 화나셨어요. 가족을 지켜야 하기에 개인 정보를 알려줄 수 없습니다.
이제 직접 통화가 가능합니다.
어머, 리사 씨! 어머님이세요!
엄마? 엄마?

"울림아!" 엄마가 처음 한 말은 내 한국 이름이었다. 계속해서 "울림아!"라고 부르짖는 엄마의 목소리를 들으면서, 나는 바로 이 이름이 좋아졌다. 지금껏 알고 있던 내 한국 이름의 발음은 잘못된 것이었다. 나는 지금껏 내 이름의 소리가 딱딱하고 흉하다고 여겼다. 하지만 내 이름은 소리가 부드러웠고, 발음도 의미와 어울렸다. '산울림… 숲의 메아리.' 나는 세상에서 가장 예쁜 이름을 가지고 있었다.
늘 엄마 생각을 했어요. 그리고 20년 동안 엄마를 찾았어요.
엄마를 찾게 되어 정말 기뻐요. 마치 꿈꾸는 것 같아요.
엄마! 뭐라 말해야 할지…. 하고 싶은 말이 너무 많아서…. 네, 엄마는 할머니가 됐어요! 손주가 둘이에요! 큰애는 세 살이고 둘째는 한 살이고요.
울림아, 외할머니는 돌아가시기 전까지 절대로 너를 못 잊는다고 하셨어. 우리는 오랫동안 네 이름으로 좋은 일에 기부를 했단다.

매끄럽지 못한 통화였고 내 말은 다 뻔하고 진부하게 들렸다. 나는 다시 만나는 입양 가족을 위한 지원에 대해 말했고, 엄마에게 알아봐달라고 부탁했다.
영어로 읽을 수 있구요, 거기에는 엄마 이름이 안 나올 수 있어요.
입양인들이 쓴 글이 많이 있어요.
편지 쓸게요! 그리고 손주들 사진도 보낼게요.
저희 내년에 한국 가니까 그때 만나고 싶어요. 엄마, 이만 끊을게요!

엄마와 나의 연락을 맡아 줄 김 선생의 주소를 받았다. 내가 엄마에게 직접 편지를 보낼 수 없으니까.
뭐라 말해야 할지 모르겠더라구요. 엄마도 말을 많이 하지 않았어요. 게다가 아빠도 없고.
리사 씨. 이번 통화에서 들은 말을 다 믿어선 안 돼요.
어머니 가족에 대해 물으니까 김 선생님이 통역을 끊었어요. 어머님의 개인정보를 공유할 수 없다고 한 사람도 김 선생님이었어요.
어떻게 됐어? 뭐라 하셨어?
아빠는 돌아가셨대. 아빠는 만날 수 없는 거야.
한국에 가면 묘소에 가 보자. 정식으로 작별 인사를 드려야지.

엄마에게,

마침내 엄마를 찾았다는 사실이 믿기지 않아요. 너무 기뻐서 할 말을 찾지 못할 지경이에요. 가물가물한 기억까지 거슬러 올라가며 아주 오랫동안 엄마 생각을 했어요. 엄마에게 편지도 많이 썼어요. 저와 제 삶에 대해서요. 열일곱 살 때 처음으로 엄마를 찾아봤어요. 양부모님에게 입양 서류를 보게 해 달라고 부탁했어요. 그때 처음으로 엄마 이름을 알게 되었어요. 한국 입양기관이었던 대한사회복지회에 도움을 요청했지만 실망만 했어요. 오랫동안 슬퍼하면서 그렇게 계속 살았고, 언젠가 다른 사람들이 도와줄 것이라 생각했어요. 지난여름에 다시 엄마를 찾기로 결심했지만, 대한사회복지회에서는 예전과 똑같은 얘기만 했어요. 모든 희망을 내려놓으려는데, 부산 경찰이 엄마를 찾았다고 연락한 거예요.

엄마와 헤어지고 보낸 36년은 긴 세월입니다. 하고 싶은 이야기가 너무 많아요. 잃어버린 시간을 되찾고 싶지만, 가장 큰 바람은 다시는 헤어지지 않는 거예요. 엄마가 저와 연락하게 된 걸 비밀로 해야 한다는 사실을, 엄마가 가족들에게 제 이야기를 할 수 없는 이유를 이해합니다. 저는 엄마가 편안하게 사시기를, 그리고 언제나 제 마음속에 엄마가 있다고 이야기할 수 있기를 바랄 따름이에요.

제가 저의 출생과 입양에 대해 아는 것은 다음과 같습니다. 저는 1977년 5월 9일부터 1979년 5월 2일까지 부산에 있는 동성원이라는 보육원에서 살았습니다. 1979년에 입양아로 뽑혀 서울에 있는 박준기 씨라는 위탁모의 집에서 한 달 가량 살았습니다. 1979년 5월 30일 저는 보호자와 함께 스웨덴으로 떠났습니다. 6월 3일에 스웨덴 스톡홀름에 도착했고, 거기서 양부모와, 역시 한국 출신 입양아였던 네 살 위 오빠를 만났습니다.

엄마도 이해하시겠지만, 저는 궁금한 게 무척 많습니다. 하지만 엄마를 부담스럽게 하고 싶지 않아서, 몇 가지만 여쭤볼 게요. 제가 태어날 무렵에 대해 조금 자세하게 이야기를 들을 수 있을까요? 그때 엄마는 어떤 사람이었나요? 임신은 어땠나요? 스웨덴에서는 임신부에게 어머니와 임신 경험에 대해 이야기를 나누라고 합니다. 아빠 이야기도 들을 수 있을까요? 아빠는 어떤 분이었나요? 성격과 생김새는요? 그리고 어떻게 돌아가셨나요?

얼마든지 길게 쓸 수 있긴 하지만, 여기에서 마무리를 해야겠네요.

엄마 딸, 정울림 드림.

편지를 보내고 오래 지나지 않아 김 선생이 한국어로 보낸 이메일이 왔다.
엄마가 답장을 보낸 것 같아!
김 선생님이 스캔한 글을 보냈는데, '울림'과 '엄마'는 읽을 수 있어.
받은 이메일을 민정 씨에게 전달했지만, 여행 중이라서 번역을 받아보는 데에 오래 걸렸다. 다른 사람의 도움이 없으면 엄마와 의사소통을 할 수 없다는 사실이 실망스러웠고 슬펐다. 두 아이를 빼면 엄마는 내 유일한 피붙이였지만, 헤어진 것도 모자라 나는 모어까지 잃었다. 엄마에게 내가 정말 누구인지를 완전히 이야기하는 것은 불가능할 것 같았다.
사랑은 나와 네 아버지를 묶는 유일한 끈이었어. 아버지는 서울에서 대학교를 다니다, 교통사고로 돌아가셨단다. 너무 고통스러웠지.
우리는 죽을 때까지 사랑했고, 이런 사랑으로 네가 세상에 나온 거야. 이 말을 명심하고 네가 과거에서 벗어날 수 있으면 좋겠다.
편지에 대해 민정 씨에게 물었다. 어머니의 필체와 표현 방식이 어떤지, 혹시 행간에 숨은 뜻이 있는지.
글에 막힘이 없고, 아주 교양 있는 표현을 쓰시네요.
아주 시적이고 생각이 깊은 표현을 하세요. 신앙심이 깊은 분 같아요. 전형적인 한국인이시네요.

애타게 그리워했던 그대로였다. 하지만 통화를 하고 나서도, 편지를 읽고 나서도 공허함이 밀려왔다. 엄마는 자기 이야기를 거의 하지 않았고, 아빠에 대한 이야기도 없었다. 내 질문에 답하지 않았고, 나와 내 삶을 묻지도 않았다.
내 안의 어린아이가 잃어버린 엄마에게 외쳤다. 내 안의 어른 입양인은 잃어버린 과거를 찾으며 외쳤다.
엄마도 나만큼 어려운 게 분명하다고 이해는 하지만, 마음이 아팠다. 엄마와 다시 연결되면 모든 게 바뀌리라 믿었다. 오랫동안 찾았던 답들을 찾게 되리라 믿었다.
그동안 입양 기관들에서 받았던 사무적이고 미심쩍은 설명이 아니라, 나에 대한 생생한 이야기를 들을 수 있을 거라고 믿었다. 서류 번호가 아니라 나를 정말로 알게 해 줄 평범하고 세세한 것들을, 피와 살로 이루어진 진짜 사람 이야기를.

한국 방문 계획을 세우고 엄마에게 편지를 보냈지만, 몇 달이 지나도 답장이 오지 않았다.
그야말로 묵묵부답이었다.

그동안 리치는 아빠의 묘를 찾아보려고 사방으로 이메일을 보냈다.
아무도 모르는 것 같아. 경찰도. 하지만 놀랄 일은 아니지.
나는 아빠의 묘를 찾아내고 싶었다. 아빠에게도 인사를 하고 싶었다.
아빠, 안녕하세요? 우리는 이제 만날 수 없나요?
하지만 아빠 생각을 안 한 적이 없어요.
마지막 작별 인사를 할 수 있다면.
어디에 계시다는 정보가 분명히 있을 거야.
한국에서는 죽은 사람을 찾는 일도 산 사람만큼 어려운 것 같아.
거의 반년 가까이 아무 소식이 없다가 엄마에게 연락이 왔다. 우리가 한국에 오면 만나고 싶다는 내용이었다.
이제 가야겠어!
그런데 어머님은 리사 씨가 왜 한국에 오려는지 궁금해 하세요. 입양에 대한 불만 때문인지 걱정을 하시네요.
네? 이상한 일이네요. 걱정할 거 하나도 없다고 전해 주세요. 내가 태어난 나라를 방문하고 싶은 거고, 내가 살았던 곳들을 보고 싶은 거예요.

한국 방문이 가까워졌고, 준비할 것도 많았다.
유감스럽게도 한국 돈은 하나도 없네요. 홍콩 달러도 괜찮을까요?
엄마 선물로 기념품을 많이 가져가고 싶지만, 다른 걸 넣을 자리가 없겠지.
자, 30시간 장거리 비행 준비가 다 됐다. 얘들아, 공항과 한국을 향해 출발!
잘 다녀오렴. 한국 어머니에게 안부 전해 드리고, 너를 보내 주셔서 감사드린다고 말씀드리렴.
무슨 일이 있어도 저는 언제까지나 부모님 딸일 거예요.

한국.
나는 태어난 나라로 돌아왔다.
내가 버려진 나라로 돌아왔다.
환승
乗り継ぎ · 转机
Transfer
도착
到着 · 到达
Arrivals
한국,
나를 팔아 버린 나라로.

머물기로 한 호스텔 대신 민정 씨 집으로 가게 되었다. 서울은 한밤중이었고, 비가 내리고 있었다.
TAXI
오는 길이 너무 멀어 기운이 하나도 없었지만, 아이들은 즐거워했다. 모든 게 꿈만 같았다.
안녕하세요? 민정이 엄마예요.
어서들 들어와요. 비 맞지 말고.
밤 12시가 넘어서 예기치 않은 손님들이 왔지만, 민정 씨 가족은 따뜻하게 맞아주었다.
리사 씨와 포피는 제 방을 쓰세요. 리치 씨랑 테디는 동생 방에서 자면 돼요.
어머, 고맙습니다!
많이 드세요! 한국에 잘 왔어요!

첫 주는 한국에 익숙해지는 데 시간을 보냈다. 만날 사람도, 가볼 곳도 없었다. 우리는 아이들과 산책을 오래 했고, 예쁜 공원과 놀이터에도 갔다.

도움을 주려는 친절한 사람들을 어디서나 만났다. 낯선 사람이 우리에게 다가와도 괜찮았다. 우리를 침략자 취급하지 않았기 때문이다. 스웨덴에서는 사람들이 다가와서 느닷없이 비난하거나, 얕보거나, 헐뜯는 말을 하는 일이 잦았다. 그래서 우리는 늘 방어할 준비를 한 채 움츠리고 있었다. 하지만 이곳에서는 긴장을 풀고 우리 모습 그대로 있을 수 있었다.

민정 씨 가족은 우리를 데리고 많은 곳을 다녔다.
DMZ
북한, 안녕!
스웨덴에서 나는 어디에서나 이방인처럼 느꼈다.
한국에서 나는 이방인이지만, 집처럼 편했다.

중앙입양원 면담이 잡혔다. 찌는 듯 더운 날씨였다. 장소를 제대로 찾지 못해 헤맸다.
RD UNIVERSITY PRESS
중앙입양원
US SHIPPING
RPORATION·아주M&C
WELLCOM
26
저기 로고가 있어!
중앙입양원은 리치의 말을 아주 잘 들었다. 그래서 리치가 이 면담을 맡는 게 유리하다고 생각했다.
여기서 기다릴게. 얘기가 잘되면 좋겠어.
중앙입양원이 사실 그대로 말해 주어야 할 텐데.
면담은 두 시간이 걸렸다. 중앙입양원은 점심을 대접하며 입양인의 삶에 대해 질문을 했다. 우리만 남았을 때 리치가 면담 내용을 전해 주었다.
회장하고 나만 만날 거라 생각했는데 다 들어왔어.
리사와 저는 의사소통 과정에서 무척 실망했습니다.
입양인 한 사람에게 이렇게 매달리는 일은 처음이래.
유감스럽게도 해외 입양인을 맡는 직원이 한 명뿐입니다. 여기 형편이 좋지 않아요.
할 일이 무척 많은데, 일할 사람은 너무 적습니다.

이제까지 이곳이 했던 주장을 반박하는 서류들을 보여 주면서 문제점을 말했지.
정 씨와 부산시 아동상담소에 대해서도 물었어.
정 씨 라고요?
잘 모르겠네요.
중앙입양원 대표도 입양 관련 일을 했대. 직원 한 사람은 전에 홀트인터내셔널에서 일했고.
하지만 가장 중요한 얘기는 부모님 찾는 일을 물었을 때 나왔어.
부모님 찾는 일이요? 우리는 입양인의 부모님을 찾지 못합니다. 그 일을 하는 기관들이 따로 있어요. 우리는 그 기관들의 의뢰를 받아 움직일 뿐입니다.

실제로는 찾지 못하면서 찾는 것처럼 말했던 이유를 이해 못 하겠어요. 그러면 친부모와 입양인의 만남을 방해하는 겁니다!
우리는 이빨 빠진 호랑이와 같습니다. 비용과 인력이 부족해서 어쩔 수가 없어요. 우리도 서류 요청을 하지만, 그걸 받는 건 드문 일입니다.
전문가라는 사람들이 어쩌면 그렇게 입양과 입양인의 삶에 대해 아는 게 없을까! 최소한의 조사는 해야 하잖아.
그 사람들에게는 그냥 먹고사는 일일 뿐이야. 자기들 일이 우리 삶에 끼치는 영향을 전혀 생각하지 않아!

한국은 우리가 돌아올 거라고 믿지 않았다. 한국은 우리가 자신의 생각을 말할 수 있기도 전에 우리를 버렸다. 우리가 가족과 뿌리를 그리워하다가 다시 이 나라로 돌아올 거라고는 아무도 생각하지 않았다. 입양 아동이 어른이 되어서 돌아오는 일에 대해 어떤 준비도 하고 있지 않았다.

다음 날, 우리는 내 입양을 맡았고, 내 배경을 지운 서류를 주었던 대한사회복지회로 갔다. 한 사람의 역사를 서류 폴더 속 번호 하나로 바꾸어 버린 곳으로.
입양 기관에 병원이 있는 게 실용적이군.
그동안 얼마나 많은 엄마들이 이곳에서 몰래 아이를 낳았을까? 바로 지금 여기서 얼마나 많은 아이가 태어나고 있을까?

행복한 가족 사진이 실린 포스터와 사랑의 메시지가 들어 있는 안내서들이 사방에 있었다. 갓난아이의 양육권 포기가 고통일 수 있다는 점에 대해서는 아무 언급이 없었다. 입양은 가족의 해체를 전제로 한다는 사실은 은폐된 비밀이었다.
입양은 제2의 출산입니다. 입양은 피보다 진한 사랑으로 만든 크고 깊은 행복입니다. 세상 모든 아이들이 사랑하는 가족의 품에서 행복하기를 소망합니다.
두 나라 모두에서.

미국 입양 가족도 방문 중이었다. 아이들은 웃으며 노래를 불렀다. 저 아이들은 어떤 기분일까. 저 아이들도 뿌리에 대한 질문을 했을까? 아니면 부모가 앞장서서 한국에 온 것일까?
이니, 미니, 마이니, 모! 호랑이 발가락을 잡아라~
희선 씨가 우리를 작은 방으로 데려갔다. 입양인의 사진과 입양 가족의 선물들로 가득했다.
무엇을 도와드릴까요? 질문이 있나요?
우선 제 입양 파일을 보고 싶습니다.
희선 씨가 두툼한 폴더를 들고 돌아왔다. 나는 내 질문들에 대한 답을 찾을 수 있으리라는 기대에 부풀었다.
여기 대부분은 그동안 주고받았던 이메일의 출력본이야. 한국어로 된 보고서는 없어. 실망이네.

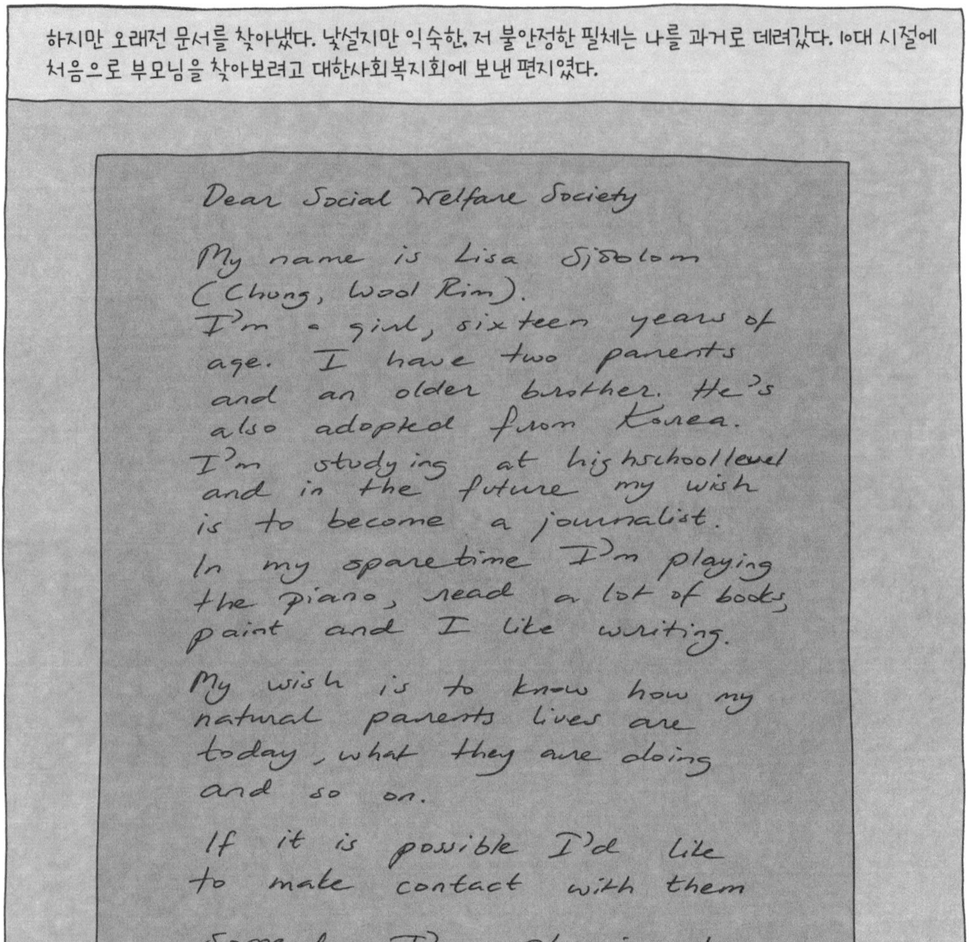

하지만 오래전 문서를 찾아냈다. 낯설지만 익숙한, 저 불안정한 필체는 나를 과거로 데려갔다. 10대 시절에 처음으로 부모님을 찾아보려고 대한사회복지회에 보낸 편지였다.
Dear Social Welfare Society
My name is Lisa Sjöblom (Chung, Wool Rim).
I'm a girl, sixteen years of age. I have two parents and an older brother. He's also adopted from Korea.
I'm studying at highschoollevel and in the future my wish is to become a journalist.
In my sparetime I'm playing the piano, read a lot of books, paint and I like writing.
My wish is to know how my natural parents lives are today, what they are doing and so on.
If it is possible I'd like to make contact with them
Someday I'm planning to come and visit Korea, and see how it looks.
Your sincerely
Lisa Sjöblom
(리사)
그때 나는 망가져 있었다. 지금 내가 알고 있는 것을 그때도 알았더라면.

그때 대한사회복지회가 가족을 찾았다면, 내 삶이 그렇게 힘들었을까?
이 방은 늘 잠겨 있어. 나가고 싶다면, 다시는 자살 시도를 하지 않겠다는 각서를 써야 해.
가방도 검사할게. 날카로운 물건은 일절 금지야.

지금과 마찬가지로 아마 대한사회복지회는 부모님을 찾지 않았을 것이다. 처음 대한사회복지회에 연락한 후, 스웨덴 국립입양센터는 부모님을 찾기 위해 대한사회복지회가 한 일을 나에게 알려 주었다. 그 내용이 사실이라면, 대한사회복지회는 부모님을 찾는 데 성공했을 것이다. 내 서류는 30년 넘게 부산시청에 열람 가능한 상태로 있었다. 그곳에는 어머니에 대한 필수 정보가 다 있었다.

만약 대한사회복지회가 부모님 찾는 일에 성공했다면, 나는 그토록 긴 세월을 고통 속에서 살지 않아도 됐을 것이다.

우리도 리사 씨 위탁모를 찾으려 했어요. 하지만 그분이 이사를 해서 우리가 가지고 있는 주소로는 찾을 수 없다는 걸 어제 알았어요.
그 주소는 알려 드릴 수 없습니다. 한국에는 그런 법이 있어요.
그럼 저는 서울 어디에서 살았나요? 거기 가서 사진을 찍고 싶은데.
그럼 왜 문서들이 서로 다른 건가요? 더 자세히 알고 싶어요. 왜 이 문서에는 제가 고아이고, 생년월일도 추정으로만 나와 있나요?
리사 씨는 호적이 없었어요. 그래서 어쩔 수 없이 우리가 호적등본을 만들었습니다.
리사 씨의 입양을 위해 어쩔 수 없이 만든 공문서입니다.
리사 씨 부모님이 진짜 부모님인지 확실하지 않았고, 출생증명서도 못 보았기에 리사 씨 생년월일을 추정해서 기록한 것입니다.
그렇다면 왜 제 문서에는 부모님이 입양에 동의했다고 나와 있나요? 제 부모님이 양육권을 포기한 건지도 정확히 확인을 못 했다면, 이 기록은 어떻게 된 겁니까?

어떻게 입양보고서 내용을 믿을 수 있겠습니까? 입양인들이 자기 입양 서류에서 허위 내용을 발견하는 경우가 너무 많아요.
이 문서들은 아주 오래전에 작성되었습니다. 그때는 업무가 지금과 다른 방식으로 처리됐어요. 그렇게밖에 설명드릴 방법이 없네요.
그래서 입양인들은 받은 정보를 믿기 어렵다고 서로 말합니다. 출생 배경이 분명치 않다고 적혀 있지만, 입양 기관이 친부모에 대해 알고 있었다는 사실이 밝혀지는 일도 잦아요.
입양 관련해서 1970년대의 업무 처리 과정이 어땠는지 잘 아는 사람이 한국에 있어야 합니다.
대한사회복지회와 같이 일을 했던 분과 기관을 아는 사람이 분명히 있어요. 예를 들면, 정 씨나 부산시 아동상담소처럼요. 제 문서에도 기록되어 있습니다.
관련 있는 것을 찾아내려고 리사 씨 문서를 백 번 가까이 꼼꼼하게 읽었습니다. 하지만 정 씨 정보는 전혀 없어요.

우리는 정 씨가 당시 대한사회복지회 대표의 친구였다는 사실을 압니다. 그렇다면 당시의 입양 상황에 대해 알고 있다는 얘기죠.
정 씨를 아는 사람이 없다는 게 참 이상합니다. 그분의 기관이 대한사회복지회로 많은 아이들을 보낸 걸 보면, 그분과 연락을 했던 사람이 있을 거 아닙니까. 아니면 전에 일했던 분이라도요. 지금 대표님과 면담할 수 있을까요? 필요한 정보를 가진 사람을 찾아 줄 수 있을 것 같아서요.
유감이지만, 그 기관을 아는 사람이 없습니다. 보육원에도 물어보았지만, 아무 것도 모르더군요. 아쉽지만 그렇습니다.

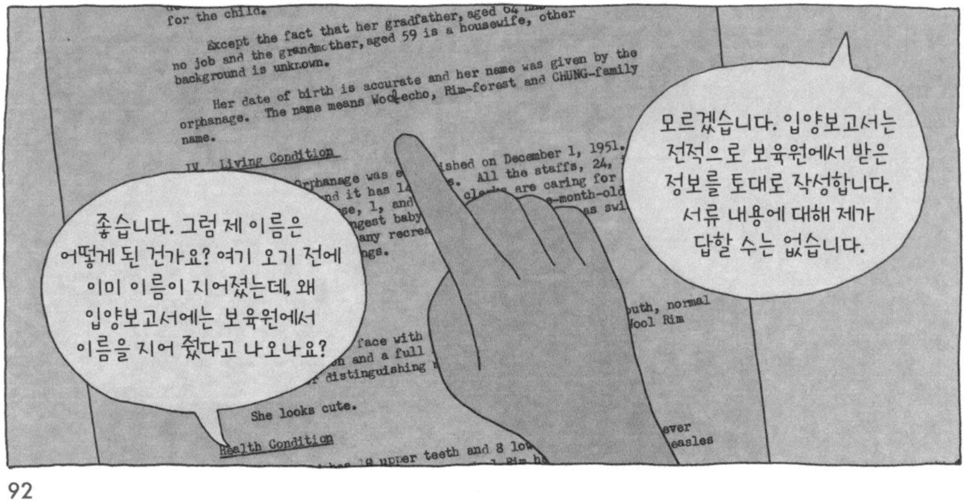
for the child.
Except the fact that her gradfather, aged 64 has no job and the grandmother, aged 59 is a housewife, other background is unknown.
Her date of birth is accurate and her name was given by the orphanage. The name means Wool-echo, Rim-forest and CHUNG-family name.
IV. Living Condition
She looks cute.
Health Condition
모르겠습니다. 입양보고서는 전적으로 보육원에서 받은 정보를 토대로 작성합니다. 서류 내용에 대해 제가 답할 수는 없습니다.
좋습니다. 그럼 제 이름은 어떻게 된 건가요? 여기 오기 전에 이미 이름이 지어졌는데, 왜 입양보고서에는 보육원에서 이름을 지어 줬다고 나오나요?

하지만 이곳 문서들에는 오류가 너무 많아요. 리사와 같은 질문을 하는 입양인이 무척 많습니다. 입양 서류가 모두 사실이었던 경우는 거의 없습니다.
여러 이유로 그럴 수 있습니다. 실수로 잘못 적었을 수도 있고, 때로는 친부모의 기억이 틀린 적도 있습니다. 다시 만나는 과정에서 부모가 정보를 잘못 준 것으로 밝혀진 경우가 꽤 있었어요.
양육권을 포기하는 복잡한 상황 속에서 정확한 기억을 못 하는 것이죠. 문서화 과정에서 오류가 일어나는 일도 있고요.
우리는 서류를 더 찾아냈다. 전에 못 보았던 내 사진도 발견했다.
왜 이 서류들과 사진을 보내 주지 않았습니까? 중요 여부와 관계없이 제 폴더에 있는 자료를 모두 다 보내 달라고 계속 부탁했는데요.
아, 네, 어머님 정보에 신경을 쓰다 보니 미처 생각을 못했습니다.
하지만 제 문서에는 어머니 정보가 딱 하나만 있었어요.

답을 얻으리라 기대했던 뿌리 찾기는 더 많은 질문으로 이어졌다.
저를 스웨덴으로 데려왔던 분에 대해 알 수 있나요? 어떤 사람들이 그 일을 했습니까?
유감스럽지만 그 정보는 여기 없습니다. 리사 씨 문서에도 나와 있지 않고요.
그럼 찾아봐야겠네요. 대한사회복지회는 그 과정에서 어떤 일을 했나요?
그 부분에 대해서는 찾지 못했습니다. 한국 입양법에는 그게 금지됩니다.
네? 전혀요? 전에도 입양인들이 친부모님을 찾는 일은 있었잖아요.
그래서 저도 중앙입양원에 여러 번 연락했습니다. 하지만 리사 씨 부모님을 찾을 수 없다는 답변만 받았습니다.
이런! 중앙입양원에서는 대한사회복지회의 지시가 있어야 한다고 하던데요. 대개는 찾지 않는다고 했습니다. 전혀 노력을 하지 않는다구요.
네? 노력을 하지 않는다구요? 언제 그렇게 말했습니까? 그쪽과 이야기를 하셨나요?

어제 중앙입양원 관계자들을 만나서 왜 리사 부모님을 찾는 일이 이렇게 어려운 건지 물었습니다.
그러자 아직 찾는 일을 시작도 안 했다고 확인해 주더군요.
리사는 중앙입양원이 친부모님을 찾고 있다고 믿었습니다.
20년 전에 처음 찾기 시작했을 때에도 그렇게 믿었어요.
차라리 입양인에게 직접 찾으라고 말해 주었다면 더 나았을 겁니다. 친어머니를 찾아낸 건 순전히 운이 좋아서였습니다. 대한사회복지회나 중앙입양원이 나섰다면 벌써 찾았을 텐데요.
게다가 기관 두 곳과는 몇 달간 연락도 끊겼습니다. 입양인 대부분은 여러분과 여러분 단체의 말을 믿습니다. 그래서 직접 찾아 나서지 않는 거죠.

복잡한 상황은 이해합니다만 노력을 하고 성공하지 못 한 것과, 아예 시작조차 안 한 것의 차이는 무척 큽니다.
중앙입양원에 문제를 제기하세요. 우리가 하는 일은 중앙입양원과 입양인들 사이에 정보를 이어 주는 것입니다. 중앙입양원에 뿌리 찾기 신청을 했다면 더 나았을 겁니다.
하지만 대한사회복지회 홈페이지에 입양 후 서비스 업무 정보가 있어요!
뿌리 찾기 신청서 양식도 있고요. 왜 중앙입양원 홈페이지로 바로 연결되게 하지 않습니까?
중앙입양원에서는 대한사회복지회의 지시를 받아야 한다고 했어요. 자기들은 권위가 없기 때문에 요청 서류 중 일부를 받는 일도 드물다고요.
눈앞이 캄캄했고, 두 시간 후 면담은 끝났다.
의미가 전혀 없는 면담이었어. 아무 답도 못 받을 거야.

보육원 구경 좀 해도 될까요?
그럼요. 제가 안내하겠습니다.
들어가기 전에 신발을 벗어 주시고요.
여기 있는 아이들이 다 입양될 건가요? 부모가 이미 양육권을 포기했나요? 이 아이들이 대부분 해외 입양되나요?
나중에 어른이 되어 자기 뿌리를 찾으려고 여기로 다시 올 아기들이 얼마나 될까? 그런 과정에서 많은 서류들이 위조되었으며 그런 입양은 불법이라는 사실을 알게 될 아이들은 얼마나 될까?

대한사회복지회. 입양을 긍정적인 가족 만들기로 보이게 하려고 최선을 다하는 입양 기관이다.
그러나 수많은 부모들이 이곳으로 왔다가, 아이 없이 돌아갔다. 이곳의 보육원은 이런 사실을 상기시켰다. 입양이라는 사건 뒤에는 다시 만나지 못하는 흩어진 가족이 있다.

오늘 스웨덴은 하지제이지만, 나에겐 또 다른 명절이다.
이렇게 입어도 될까? 다른 걸 입을까?
내가 좋아하는 옷을 입는 게 좋겠지. 오늘 입는 옷을 평생 기억하게 될 거야. 사진도 많이 찍을 거 같고….
민정 씨, 어떻게 인사를 해요? 허리를 숙이나요? 아니면 악수? 포옹? 한국말도 해야 할까요?
통화할 때 엄마 목소리가 어땠어요? 좋은 분일까요? 아이, 질문이 참 많네.
하하, 음, 아주 단호한 분이세요. 자기 생각이 뚜렷한 전형적인 한국 어머니 같아요.
전형적인 한국 어머니…. 하지만 큰언니가 있다는 사실을 모르는 두 동생에게만 그러지 않을까?
갈 준비 됐어요?
날씨가 덥지 않고, 신발이 불편하지 않기를 바랐다. 하지만 옷 선택을 후회했다. 단정해 보이려 애쓰는 대신에 그냥 평상복을 입었으면 좋았을 걸.
엄마가 나를 좋아해 주었으면 했다. 나를 보고 실망하지 않았으면 했다.

약속한 식당에서 엄마가 우리를 기다리고 있었다.
아, 스웨덴 엄마랑 똑같이 생겼어! 한국 엄마지만.

건강하게 잘 지내는 것 같아 기쁘구나! 내가 임신 중에 잘 먹질 못해서 너는 아주 작고 약한 모습으로 태어났단다. 네가 견디지 못할 것 같아 늘 조마조마했지.
출산 후에 저를 안아볼 수 있었어요?
응, 그럼. 하지만 그때 나는 아주 아팠단다.
네가 생겼을 때 나는 스무 살이었어. 네 아버지와 나는 사랑하는 사이가 아니었단다. 네 아버지는 아주 인기가 좋았어. 그래서 다들 사귀고 싶어 했지.
엄마는 내 입양보고서에 나온 것보다 네 살 더 많았다.
나는 곧 결혼해서 아이를 가지면, 너를 잃은 고통을 덜 수 있을 거라 생각했단다. 하지만 너는 늘 내 마음속에 있었어. 오랫동안 네 이름으로 기부를 해 왔지.
외가가 교육 수준도 높고 좋은 집안이라는 사실을 알았으면 좋겠다.

엄마를 뚫어지게 쳐다보았다. 나와 닮은 점을 찾고 싶었다. 처음 우리 아이를 보았을 때와 같은 느낌이었다.
언젠가는 네 동생들에게 네 이야기를 하고 싶구나.
하지만 쉽지 않은 일이란다.
너는 산부인과에서 태어나지 않았어. 나는 너를 마취 없이 제왕절개 수술로 낳아야 했지. 그때 무척 아팠고, 지금도 아파. 네 외할머니가 너를 기관에 맡겼단다.
아이가 생기기 전에는 부모가 되면 내가 스스로 아이 곁을 떠나게 될까 봐 겁이 났다. 나의 삶이 버려지는 것으로 시작했기 때문에, 그런 삶을 반복하게 될까 봐 두려웠다. 하지만 나를 낳을 때 이야기를 들으며, 엄마가 자유로운 선택을 할 수 있는 상황이 아니었다는 걸 깨달았다. 엄마가 냉정하게 나를 내버렸으리라 믿었던 것이 부끄러웠다.
울림이 외할머니가 돌아가신 뒤로 날마다 남자아이와 여자아이가 나오는 꿈을 꾸었어요. 그런데 테디와 포피의 사진을 받고는 바로 이 아이들이었구나, 하고 생각했습니다.
얼마 전부터는 그런 꿈을 꾸지 않습니다. 제 어머니가 두 아이 얼굴을 보여 주셨나 봐요.

제 이름은 엄마가 지었나요? 입양 문서에는 보육원에서 지어 준 거라고 나와 있던데요. 하지만 시청 문서에는 그 전에 이미 이름이 있었다고 나와요.
아니, 내가 짓지 않았어. 이번에 경찰에서 전화가 왔을 때 네 이름을 처음 들었단다.
그럼 누가 제 이름을 지었을까요? 아빠의 성을 받은 걸 보면 가족 배경을 아는 사람일 텐데요.

엄마가 나를 찾았다는 것도 사실이 아니라고 했다. 그렇게 말하는 게 좋겠다고 경찰이 제안했다는 것이다. 나는 온몸이 아팠다. 내가 받았거나 들은 정보는 하나도 맞지 않았다. 아무도 나에게 정확하게 말하지 않았다. 예전 거짓말이 새로운 거짓말로 바뀐 것뿐이다. 내 서류들은 전부 서로 앞뒤가 안 맞았다. 누구를 믿어야 할지 더는 알 수 없었다.

민정 씨, 저는 더 이상 새로운 거짓말로 보호받을 필요가 없다고 말해 주시겠어요? 저는 이미 가장 힘든 진실들을 알고 있어요. 그러니 괜찮아요.
두 살 때까지의 일을 다 알고 싶을 뿐이에요.

몇 분 뒤, 엄마는 가장 엄청난 사실을 알려 주었다.
울림아. 네 아빠는 살아 계신다.
경찰이 돌아가셨다고 말하게 했어. 네가 아빠 질문을 많이 못 하게.
경찰한테 아빠를 찾지 말라고 부탁했다. 그러니까 그 사람은 네가 세상에 있다는 사실을 전혀 몰라. 나는 그 사람을 보호하려고 했는데, 경찰이 찾아냈어.
아빠 묘가 어딘지를 묻는 네 편지를 읽었을 때 이 말을 하려고 결심했어. 답을 듣기 전까진 네가 그만두지 않을 거 같았거든.
아빠는 결혼을 했고, 아들이 둘이야. 너는 아빠와 많이 닮았어.
나는 그 사람을 사랑했지만, 그 사람은 내게 전혀 관심이 없었어.
네 아빠도 공부를 많이 했고 번듯한 집 자식이야. 너는 외가와 친가가 다 좋은 집안이란다.
그럼 내가 동생 넷을 둔 맏이라고!?

집으로 가서 두 아이를 재운 다음, 민정 씨와 엄마와 나는 이야기를 더 하려고 카페로 갔다.
텔레비전에 나오는 만남과는 많이 달랐다. 통역으로 서로의 말을 전해 듣는 데 시간이 많이 걸렸다.
낯선 말을 기대감을 갖고 상상하며 들었다. 삶의 수수께끼를 푸는 열쇠가 되기를 바라며.
하지만 이제 엄마는 말을 아끼는 것 같았다. 더 이상은 새로운 사실이 나오지 않았다.
어머님은 최근에 본 영화 이야기를 하셨어요. 무척 흥미로웠다네요.
엄마는 여기 앉아 있다. 그토록 오래 찾았고 그리워하던 엄마가. 나는 엄마 품에 안기고 싶을 뿐이었다.
나는 상상했다. 엄마와 내가 마법으로 잃어버렸던 세월을 되찾는 장면을.

우리가 같은 말을 쓴다면, 아팠던 지난날들을 엄마에게 다 이야기할 수 있을 텐데….
많은 입양인이 자신을 돌보지 못해요. 우리는 조금씩 가라앉아요. 많은 입양인이 자살을 했거나, 자살 시도를 해요. 폭행을 당하거나, 심지어 양부모에게 살해됐어요. 새 가족과 안 맞는다고 파양되기도 해요. 입양인들은 너무 외로워요.
우리가 대화를 나눌 수 있다면, 지금의 내가 된 이유를 이야기할 수 있을 텐데….
입양인의 삶은 참 어려워요. 많은 입양인들이 평생 소외감에 시달려요. 우리의 말을 들어 주고, 우리의 경험을 빼앗아가지 않는 사람을 찾으려면 힘들게 싸워야 해요. 하지만 대부분 우리 느낌이 틀리다는 말을 들어야 해요.
그래, 그래, 다 괜찮을 거야.
하지만 우리가 엄마와 딸이 되기에는 너무 늦었다. 언어의 장벽 때문에도 더 이상 가까워지기가 힘들었다.
엄마가 우리를 집까지 태워다 주었다. 나는 기뻐서 어쩔 줄 몰라야 한다는 것을 알았지만, 우리 사이는 이상하게도 공허했다.
며칠 있다가 부산에서 보자!

그날, 리치와 나는 밤을 새우다시피 하며 한국에서 내가 살았던 시절과 엄마에 대한 세부 정보를 살펴보았다. 여전히 미심쩍은 부분이 많았다. 부산으로 가서 경찰을 만나면 더 자세히 알아볼 수 있을지. DNA 검사도 해서 그분과 내가 모녀 관계인지 보다 확실히 알게 되기를 바랐다. 이런저런 불확실함 때문에 여전히 머리가 아팠다.

● 엄마는 내 문서에 기록된 내용보다 몇 살 더 많았다. 우리가 들은 설명에 따르면, 예전엔 두 살도 되기 전에 아이가 죽는 일이 흔했단다(그래서 한국에서는 백일잔치라는 것을 한다). 이런 이유로 종종 부모는 아이의 출생 신고를 몇 해씩 늦추었고, 그러다 보니 생년월일도 달라지는 경우가 많았다. 혹시 내 입양보고서에 엄마 나이가 더 어리게 기록된 것도 엄마를 더 약하게 보이게 하려는 의도 때문이 아닐까?

● 엄마의 이름은 내 문서에 나온 것과 달랐다. 한국에서는 이름을 바꾸는 일이 흔하다고 엄마는 말했다. 엄마는 2012년에 개명했다.

● 부산 시청 문서는 완전히 날조였다. 엄마가 편지에서 한 이야기도 꾸며 낸 것이었다. 부모님은 서로 아는 사이였지만 사랑하는 사이가 아니었다.

● 엄마와 전화 통화를 했을 때 아빠는 엄마가 임신 중일 때 돌아가셨다고 했다. 하지만 편지에서는 내가 태어난 후 아빠가 돌아가셨다고 했다. 지금 나는 아빠가 살아 있다는 사실을 알게 되었다. 하지만 경찰이 연락을 하자 아빠는 나를 인정하려 하지 않았고, 나를 만날 준비가 되지 않았다고 했다. 아빠의 죽음은 아빠의 신원 보호를 위해 꾸며진 이야기였다.

● 입양보고서에는 부모님이 내 양육권을 포기하고, 보육원에 맡겼다고 나와 있다. 하지만 아빠는 딸이 있다는 사실을 전혀 알지 못했다.

● 아빠 이름이 시청 서류와 스웨덴 부모님에게 보낸 입양보고서에 다 있다는 사실도 이상했다. 정말 엄마가 아빠의 신원을 보호하려 했다면, 아빠를 신원 미상으로 처리하거나 아빠에게 가짜 이름을 붙일 수 있었을 테니까. 서류에 나온 이름 덕분에 부산 경찰은 엄마 동의 없이도 아빠를 찾을 수 있었다.

● 입양보고서에는 보육원이 내 이름을 지었다고 나와 있다. 나는 보육원에 가기 전에 이름이 지어진 것을 알게 되었지만, 엄마는 보육원에서 내 이름을 지었다고 했다. 엄마는 내가 너무 많이 소리 지르고 울어서 울림이라는 이름이 생겼다고 하면서도, 내가 어느 보육원으로 갔는지도 몰랐다고 했다. 보육원에는 내가 그곳에 살았다는 사실과 내가 보육원에 들어온 날, 그리고 나의 생년월일을 적은 서류 하나만 남아 있었다. 엄마는 어떻게 이런 사실을 알 수 있었을까?

● 나는 분만 병동이나 전문의가 없는 병원 또는 다른 어딘가에서 태어났다. 남몰래 태어났어야 했던 것이다. 그래서 내가 태어난 병원을 찾을 수 없는지도 모른다. 나는 제왕절개 수술로 태어났으며, 엄마는 마취 시술도 받지 못했다.

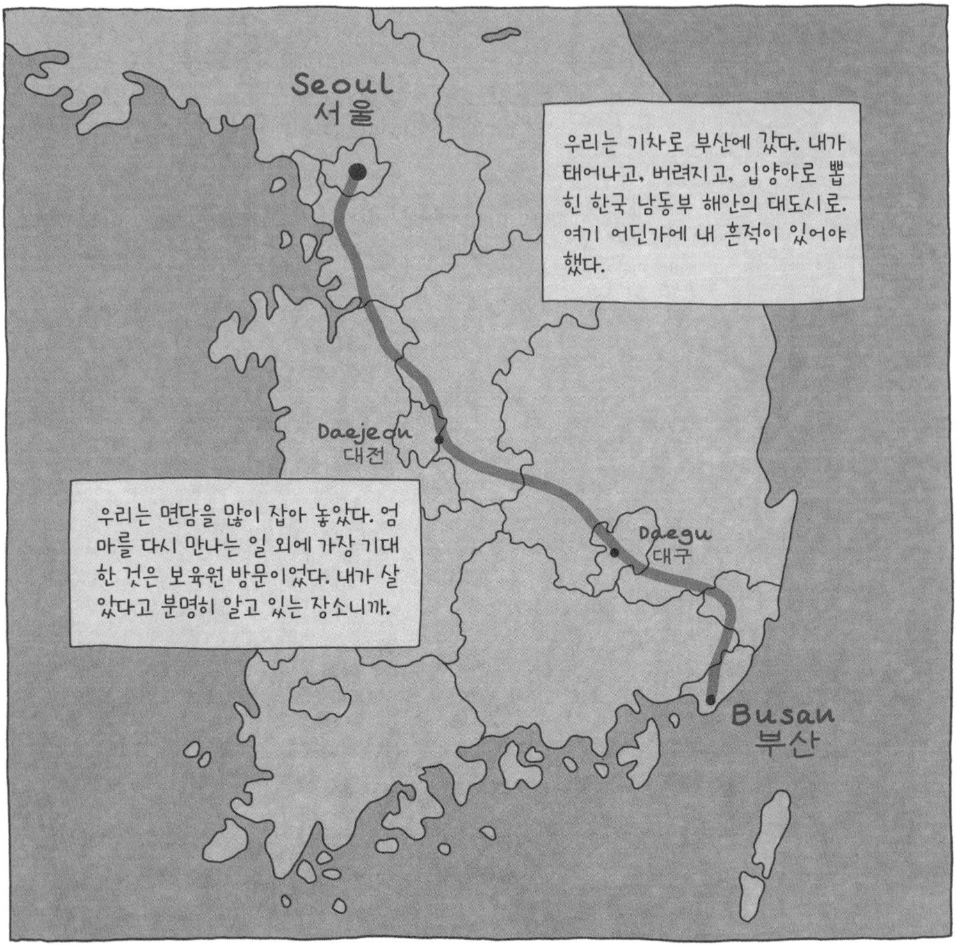
Seoul
서울
우리는 기차로 부산에 갔다. 내가 태어나고, 버려지고, 입양아로 뽑힌 한국 남동부 해안의 대도시로. 여기 어딘가에 내 흔적이 있어야 했다.
Daejeon
대전
우리는 면담을 많이 잡아 놓았다. 엄마를 다시 만나는 일 외에 가장 기대한 것은 보육원 방문이었다. 내가 살았다고 분명히 알고 있는 장소니까.
Daegu
대구
Busan
부산

아이들이 잠들자, 나와 리치는 내일 있을 부산 시청과의 면담을 어떻게 해야 할지 이야기했다.

반갑습니다. 이리 따라오세요.
우리가 못 받은 서류들을 보고 싶다고 말해 줄래요?
그 밖에 다른 서류는 없다고 하네요.
우리는 330쪽, 331쪽, 그리고 333쪽 서류를 받았어요. 그럼 332쪽은 어디 있나요?
아, 거기엔 특별한 정보가 없습니다. 그냥 도장이에요.
여긴 못 보게 검게 칠해져 있어요. 어머니도 만났으니, 이제 여기 뭐라고 쓰인 것인지 알 수 있습니까?
어머니의 가족과 관련된 내용이라면, 먼저 어머님에게 허락을 받아야 합니다.
한국에서는 다른 사람의 정보 공개를 막는 법이 있습니다.

이것은 리사 씨가 아니라, 리사 씨 어머님에 대한 정보입니다. 그래서 먼저 그분의 동의를 받아야 하는 거죠.
지금 바로 연락할 수 있겠지요.
하지만 전화를 받는 사람이 리사 씨 어머님이 아니면 어떡하죠?
엄마가 다음 주에 부산에 오시면, 그때 이리로 오실 수 있는지 물어볼게요.
하지만… 이 서류에는 리사 씨 어머님만이 아니라, 그분의 부모님과 형제자매까지 나와 있어요. 그럼 그분들 동의까지 받아야 합니다.
그런데 여기 나온 내용을 왜 알고 싶어 하시는 거죠? 어머님을 찾았잖아요!
리사 씨 문서에 기록된 내용을 믿지 못해서 그러시는 건가요?

이유는 없어요. 저에 대한 것을 다 보고 싶습니다. 이건 한국에서 살던 시절에 대한 유일한 정보예요. 따라서 저는 알 권리가 있습니다. 아주 사소한 정보도 저에겐 큰 의미일 수 있어요.
이 문서들은 두 살까지 제가 어떻게 살았는지에 대한 유일한 정보입니다. 우리는 진실을 알 수 있어야 한다는게 중요합니다.

하지만 저는 정말 이해가 가지 않습니다. 이건 다 과거라고요!
단순한 문제가 아닙니다. 입양 정보를 모두 모으는 것은 중요해요. 우리 입양인들은 답을 찾고 있습니다. 입양이 어떻게 처리되었는지 알고자 합니다. 선의의 거짓말이라 해도 도움이 되지 않아요.
하지만 어떻게 이미 본인에게 있는 것보다 더 많은 내용이 담긴 서류를 찾아낼 수 있겠어요?
그래서 '정울림'이라고 적힌 모든 문서를 받고 싶은 것입니다. 그 문서들은 제 거예요. 제게는 그 문서들에 대한 권리가 있습니다.

이 서류들은 부산 시장 보고용으로 작성됐습니다. 이 서류들이 있어야 부모님이 양육을 포기한 아이를 어디로 보낼지 시청이 결정할 수 있었겠죠.
이건 '임시보호소'라는 곳에서 작성되었습니다. 리사 씨를 보육원으로 보내려고요.
어머님이 거기서 양육권 포기 담당 직원과 만났을까요?
배경을 조사하기 위해 어머님을 만난 사람이 분명히 있겠지요.
너무 오래전 일이에요. 그때는 일을 참 엉성하게 처리했어요. 양육권 포기를 위한 부모 서명도 필요 없었을 거예요. 정해진 과정이나 특별 규정이 없었으니, 일처리가 조금 이상하게 된 거죠.
그럼 엄마가 제 양육권을 포기하겠다고 확인 서명을 한 공식 문서가 있습니까?
양육권 포기와 관련된 문서들은 보육원이나 대한사회복지회에 있는 게 아닐까요? 문서가 있다면요.
아니요. 그쪽은 관리를 안 했어요. 문서에는 '부산시 아동상담소' 라는 기관이 나오는데, 정 씨라는 사람이 이곳을 운영했습니다.

양육권 포기 관련 문서는 정말로 없을 것 같다네요. 절대 없었을 것 같대요.
양육권을 포기한 사람의 이름이 없다고요? 그럼 누구든지 아이를 버릴 수 있다는 얘기잖아요!
보육원에 들어가기 전까지 리사 씨는 '임시보호소'라는 곳에 있었을 것 같습니다. 양육권 포기 아동이나 거리에 버려진 아동들이 그리로 갔으니까요.
이런 곳이 지금도 운영되고 있나요? 가 볼 수 있을까요?
네. 원하시면 주소를 알려 드릴 수 있습니다.
문서고에 내려가서 남아 있는 서류를 가져오겠습니다.

마침내 우리는 빠진 문서를 볼 수 있었다. 누락된 332쪽은 도장만 찍힌 게 맞았다. 부산시 아동상담소 도장이었다.
부산시 아동상담소는 어떤 곳인가요?
임시보호소 말씀인가요? 같은 곳이에요.
그럼 버려진 아동을 돌보는 기관이 입양 아동을 선별하는 곳과 같다는 건가요?
그곳 주소를 알 수 있을까요? 제 삶에서 빠진 조각들을 맞추고 싶습니다.
말을 바꿔서 병원이 일을 다 처리했다고 하네요. 서류들도 거기서 왔다고요.
거짓말이에요. 거길 못 가게 하려는 거예요.

괴물이 우리 눈앞에 모습을 드러내기 시작했다. 우리가 받기 위해 싸워야 했던 서류들에는 정 씨와 부산시 아동상담소에 대한 정보들이 들어 있었다.
그 기관은 '임시보호소'와 같은 곳으로, 집 잃은 아이를 경찰이 발견해서 맡기는 곳이었다.
이 아이들은 정말 어떻게 버려진 것일까? 그곳에선 부모를 찾기 위해 어떤 노력을 했을까? 이들 가운데 자신의 양육권 포기 서류가 있는 아이는 얼마나 될까?
새 이름과 새로운 생일 등이 적힌 이 문서가 아이들을 입양 가능 아동으로 만들었다.
정신 나간 소리 같았다. 동시에 이게 우리가 바라보는 괴물이었다.

아침마다 우리가 지내던 아파트에서 가까운 아름다운 해운대 모래밭으로 내려갔다.
어느 날 아침, 리치는 한 여성과 이야기를 나누게 되었다. 그분은 내가 입양인이며, 처음 한국에 왔다는 사실을 알고는 매우 감동했다.
친어머니를 찾은 것 같긴 한데, 확실히 알려면 DNA 검사를 해야 합니다.
리사 씨가 아기였을 때 부산에서 2년 동안 살았군요!
그녀는 갑자기 우리에게 자기를 따라오라고 했다.
이 근처에서 작은 화랑을 하고 있는데, 전통차를 대접하고 싶네요.
지금 가면 좋겠어요. 이따가는 일을 해야 해서요.
이날 아침만 해도 이런 초대는 정말 생각도 못 했다.

우리는 아름다운 전통 다도에 초대를 받았다.
혹시 그분이 진짜 어머니가 아니라면, 내가 어머니가 되어 줄게요.

마침내 경찰 쪽에서 일하는 김 선생과 자세히 이야기할 시간이 다가왔다. 아이들이 울면서 보채는 바람에 달래려고 밖으로 나와야 했다.
휴, 어렵다! 하지만 이젠 둘 다 자.
어떻게 어머니를 찾았는지 김 선생님이 말해 줄 거야. 와서 앉아. 애들은 내가 데리고 나갈게.

저는 외조부모님을 찾는 일로 시작했어요. 시청이 정보 제공을 거부했지만 저는 포기하지 않았어요. 결국 어머님 호적을 받았는데 리사 씨가 준 정보와 같았죠. 이 문서를 근거로 어머님 주민등록번호와 운전면허증을 찾아냈어요. 그때 그분이 이름을 바꾼 사실도 알았습니다.
새 가족이 있는 분이라 어떻게 말씀드려야 할지 고심했습니다. 그래서 전화를 걸어서 질문을 좀 신중하게 했고, 마침내 고등학생 때 임신과 출산을 했었는지 물었어요. 어머님이 인정하시길래, 따님이 지금 찾고 있다고 이야기했습니다.
어머님이 아무 말씀도 못 하시기에 저는 오히려 제대로 찾았다고 직감했습니다. 리사 씨의 한국 이름이 뭐냐고 물었더니 모르시더군요. 그래서 울림이라고 말해 주었습니다. 스웨덴으로 입양되었다는 이야기도 했고요. 어머님은 그 사실도 모르시더군요.
임신 사실은 어머님과 외할머님만 아셨어요. 시청 서류에는 완전히 꾸며진 이야기가 담겨 있지만, 그 시절엔 드문 일이 아니었어요. 입양 아동의 배경을 서류로 남기는 것은 의무가 아니었거든요. 부산시 아동상담소 직원이 자기 책임 하에 썼을 수도 있어요. 그래서 어머님은 서류와 직접 관계가 없는 거예요.

정 씨와 부산시 아동상담소에 대해 자세한 정보를 얻으려 애썼지만, 아는 사람이 없는 모양이에요. 그분을 찾는 데 도움을 주실 수 있을까요?
정 씨가 입양과 관계 있다고요? 당연히 찾아봐야지요. 좀 더 알아보고, 새로운 정보를 찾으면 연락드릴게요.
어머님이 말씀하셨겠지만, 리사 씨는 산부인과 병원에서 태어나지 않았어요. 외할머님은 남모르게 리사 씨를 받아낼 조산원을 구했어요.
이 문서에는 리사 씨 가족과 친척에 관한 정보가 있어요. 외삼촌이 셋인데, 한 분은 돌아가셨네요. 이모가 둘이고, 사촌은 많아요. 외조부모님은 다 돌아가셨고요.
내 눈앞에 커다란 가족나무가 가지를 뻗고 있었다. 나는 거기에 없었지만, 그래도 그 나무가 내 것이라고 느꼈다. 그 나무는 또한 테디와 포피의 것이기도 했다.

김 선생은 아빠를 찾은 이야기도 했다. 이번에도 대한사회복지회가 준 정보는 다 거짓이었다. 아빠와 정보가 같은 사람이 무려 30명이었다. 김 선생이 아빠에게 양육권을 포기한 딸이 있냐고 묻자, 아빠는 처음에는 부인했다. 그런데 얼마 후 아빠가 다시 연락을 하더니 그럴 수 있겠다고 말했다. 아빠도 나의 존재를 잘 몰랐던 것이다. 그런데도 입양 문서에는 아빠가 나의 해외 입양을 원했던 것으로 적혀 있다. 도대체 아버지가 아이의 존재도 모르는 가운데 이루어진 해외 입양이 얼마나 많을까?
그래서 어머님은 제가 아버님 찾는 일을 원하지 않았던 겁니다. 그래도 저는 제 일을 했습니다. 저는 리사 씨 일을 맡은 사람이니까요.
어머님은 우리가 리사 씨에게 아버님이 돌아가셨다고 말해 주기를 바라셨습니다. 그러면 리사 씨가 아버님 찾기를 그만둘 테니까요.
아버님 사진을 찾아내서 어머님에게 보여 드렸더니, 맞다고 하시더군요.
엄마는 선생님이 그렇게 결정했다고 하던데….
하지만 아버님은 아직 리사 씨를 만날 준비가 안 되셨어요. 시간이 지나면 어떨지.
가족을 소중히하는 좋은 분 같습니다.
멋을 아는 분이기도 하고요.
그러니까 아버지를 만나셨군요!
사진이 있나요? 볼 수 있을까요?

엄마 다음으로 평생 궁금했던 얼굴이었다.
아빠와 나는 꼭 닮았다.
제가 아빠랑 똑같이 생겼네요! 저도 아버지가 있고 서로 닮았어요.

며칠 뒤, 인근 도시에 사는 김 선생과 그 가족을 만나러 버스를 타고 갔다. 그들은 황토로 지은 한식당에 우리를 데리고 갔다.
눈이 휘둥그레지는 밥상이 차려졌다.
정 씨를 만나 이야기를 들었어요.
먼저 정 씨의 아내를 만났습니다. 남편이 아동상담소와 관계없다고 딱 잡아떼더군요. 하지만 리사 씨 양부모님과 남편이 함께 찍은 사진을 보여 주자, 그제야 그곳 대표였다고 실토했어요.

정 씨의 아내는 남편이 저녁 식사를 하는 식당으로 김 선생을 데려갔다.
오랜 침묵 끝에 정 씨가 마침내 입을 열었다.
정 씨는 아이가 입양에 적합하다는 서류에 서명하는 일이 자신의 역할이었다고 실토했다. 그러나 아이를 해외로 보내는 일이 옳지 않다고 생각했기에 죄의식이 컸다고 했다. 그래서 결국 사직했으며, 정 씨의 가족도 친구와 지인 들에게 이런 과거를 숨기려 애썼다고 한다.
정 씨는 '발견된' 아이들을 입양아로 많이 넘겼어요.
그리고 기부를 받았어요. 사실 그건 입양 부모에게 받는 위장된 뇌물이었지요.
우리가 의심했던 그대로야.

김 선생은 그 밖에도 개입된 곳이 많았다고 했다. 공무원들, 보육원과 기존 입양 기관들.
입양 기관들이, 예를 들어 대한사회복지회가 입양 문의를 받으면, 기관은 보육원에 연락을 했다. 입양될 아이가 정해지면, 정 씨가 서명을 하러 갔다. 이렇게 공식 보고서가 작성되었기에 입양은 모두 합법적으로 보였다.
아이를 입양 보내려면 보호자가 있어야 했는데, 보통 보육원 원장이나 입양 기관 대표가 그 역할을 맡았다. 아이의 호적이 없으면, 입양 기관의 위탁을 받아 만들었다.
한국에 부모가 있었지만, 호적에서 나는 고아였고 뿌리가 없었다. 오히려 내 배경을 공식적으로 지우는 데 이용된 것이다. 호적은 내 역사를 텅 빈 백지로 바꾸는 문서였다.
하지만 정 씨는 불법적인 사건에 관여하지 않았다고 김 선생에게 거듭 말했다. 그는 입양이 적합하다고 인증하는 서류에 서명을 했을 뿐이라는 것이다. 구체적인 일은 다른 직원들이 했다고 했다.

어쩌면 우리의 피해망상과 집착이 지나친 거라는 생각도 했다. 의심이 너무 강하다는 생각도 했었다. 하지만 우리가 옳았다. 우리의 의심은 계속 사실로 드러났다. 하지만 이번 방문에서 더 이상 답을 얻을 수 있을 것 같지는 않았다.
우리가 직접 정 씨를 만날 수 있을까요? 몇 가지 질문을 하고 싶은데요.
나도 물어봤는데, 싫대요. 리사 씨에게 줄 답이 없답니다.

이제 어떻게 하지? 이런 정보로 무얼 할 수 있을까?
이렇게 입양된 아이를 지금도 찾고 있는 친부모는 얼마나 될까?

엄마가 부산에 내려와 숙소까지 따라왔다. 엄마는 우리에게 줄 선물과 옷을 가득 가지고 왔다.
울림이 옷을 골랐다. 편하게 입기 좋은 옷이야.
엄마는 직접 저녁을 차려 주겠다며 장을 봐 왔다. 이제야 엄마가 해 주는 밥을 먹을 수 있게 된 것이다.
짠! 나 어때?
민정 씨가 샤워를 하는 동안 우리만 엄마와 같이 있게 되었다. 말을 하고 싶은데, 내가 아는 한국어는 '안녕하세요?'와 '만나서 반갑습니다.' 정도가 다였다.
저녁 식사 후 엄마는 자기가 설거지와 청소를 하겠다고 고집했다. 스웨덴 엄마와 아주 비슷했다.
이런 말 안 하기로 약속했는데… 어머님은 리사 씨 가족이 자기를 진짜 어머니로 안 믿는 거 같대요.

엄마는 다음 날 아침에도 와서 제대로 된 식사를 차려 주었다.

아침 식사 후 우리는 버스를 타고 부산에서 가장 큰 수산시장인 자갈치시장으로 갔다.

어쩌면 이곳에서 내가 자랐을지도 모른다. 이 근처에서 내가 태어나고 엄마와 외할머니가 살았을 수도 있다.
나는 영화 속으로 들어가는 것만 같았다.

시장 구경을 한 다음, 우리는 엄마가 나를 낳을 때 살았던 동네로 걸어갔다. 이제야 내가 첫 숨을 쉬었던 세상의 일부를 보게 되는 것이다.
우리는 엄마가 학교에 가려고 매일 건너던 다리에 서 있었다. 이 다리를 건너 학교 다닐 수도 있었을 텐데. 여기가 우리 집일 수도 있었다.
고향에 도착했지만, 동시에 너무 멀리 있었다.
근처에 네가 태어난 병원이 있었어. 하지만 지금은 너무 달라져서 알아볼 수 없구나.
엄마, 여기서 사진 한 장 찍을까요?
사진에서는 둘 다 즐거워 보였지만, 내 마음은 깨진 거울 같았다.
좋아요, 김치!

잠깐 동네를 둘러볼 수 있을까요? 재미있을 것 같아요.
어머님은 싫다고 하시네요. 오히려 빨리 떠나자고 하세요.
기억에 남을 만한 기념품을 몇 개 사려고 리치와 나는 근처의 작은 가게로 들어갔다.
우리는 말없이 돌아왔다. 엄마가 왜 그리도 서둘러 떠나려 했을까? 그곳이 힘든 삶의 기억들을 되살렸을까?
꿈만 같아요!
꿈이 현실이 된 것 같다고 하시네요.

마침내 내가 있던 보육원에 가는 날이 되었다. 김 선생이 우리를 태워 주었다. 바람이 심한 날이었다. 한참을 달린 후에야 도착했다.

하지만 곧 이곳은 다른 보육원이었음이 밝혀졌다. 하지만 이곳도 정 씨의 아동상담소와 관계가 있지 않을까?
진실이 꽁꽁 숨겨 있다는 인상 때문에 몹시 기분 나빴다.

안녕하세요? 곧 소장님이 오실 겁니다. 마실 것 좀 드릴까요?
저는 한국에서 살던 시절에 대한 조각들을 맞추려고 합니다. 그래서 이곳에 저에 관한 서류가 있는지 궁금합니다. 양육권 포기와 입양이 여기에서 진행되었다던데요?
여기엔 리사 씨 서류가 없습니다. 서류들은 모두 컴퓨터로 옮겼습니다. 그래서 검색해 보았는데, 전혀 안 나왔어요. 그래서 리사 씨가 정말 여기 있었는지도 모르겠습니다. 병원에서 보육원으로 바로 갔을지도 몰라요.

김 선생이 소장과 오래 대화한 다음, 무슨 내용이었는지 말해 주었다. 그제야 우리는 이곳이 정 씨가 일했던 곳이 아니라는 사실을 알았다.
이곳은 아이들의 임시로 보호하는 기관이었어요. 아이에게 적절한 보육원을 찾아 주는 일은 부산시 아동상담소에서 했대요. 그곳에서 보고서를 작성한 거지요.
담당자는 리사 씨가 병원에서 보육원으로 바로 보내졌을 거라고 확신하고 있어요. 그건 양육권 포기가 병원에서 이루어졌다는 뜻이에요. 서류가 시청에 있어야 맞겠지만, 더 이상 남아 있지 않을 수도 있습니다.
대체로 엄마 대신 외할머니가 와서 문서를 작성했습니다. 서류는 병원에서 직접 서명하는 경우가 많았어요. 어떤 엄마들은 출산 전에 이미 입양 동의 서류에 서명했지요.
리사 씨의 경우도 외할머니가 다 처리했어요. 리사 씨 어머님이 서류를 직접 작성하지 않았던 거예요. 조산사는 정 씨와 아는 사이였지만, 안타깝게도 작년에 돌아가셨답니다.

뿌리 찾기는 흘러가는 시간에 맞서는 고통스러운 싸움이었다. 시간이 갈수록 사람들이 사라졌다. 답을 줄 수 있었던 사람들이.

우리는 다시 차를 타고 보육원으로 갔다. 이번엔 정말로 내가 있던 곳이었다.

보육원 사무실로 들어갔을 때 처음 눈에 들어온 것은 실종 아동을 찾는 포스터였다.
다른 입양인들도 여기서 자신의 뿌리를 찾았을까?
이곳 직원들은 우리를 보면 어떤 느낌일까? 우리를 어른으로 볼까, 아이로 볼까?
보육원 사무실에서 일하는 청년이 우리를 자리로 안내했다. 나는 걱정스러웠다. 이런 젊은이가 1970년대의 이곳 사정에 대해 무엇을 알 수 있을까?
리사 씨 서류를 가져왔습니다. 유감스럽게도 쓸만한 정보는 없습니다.
하지만 여기 문서고에 더 있겠지요? 제 입양 기관은 제 입양 문서의 정보가 여기 보육원에서 준 것을 바탕으로 한다고 했습니다. 어린 시절 저에 대한 기록, 부모님 이름, 그리고 여기에서 보냈던 제 삶에 대해서도요.

담당자가 바뀌면서 리사 씨 자료 파일이 사라졌을 수도 있습니다.
이 서류는 스캔되었습니다. 그럼 원본이 있다는 거잖아요. 그 원본을 볼 수 있을까요?
책임자에게 물어봐야겠네요.
제가 책임자인데요, 그 원본은 볼 수 없어요. 파일이 더 이상 남아 있지 않거든요. 게다가 저희가 가지고 있는 건 다 드렸어요.
여긴 리사 씨가 있던 보육원이 아닙니다. 이곳은 1987년에 지어졌어요. 그 보육원은 이 근처에 있었습니다.
문서고에 있던 리사 씨 서류뿐만 아니라 다른 아이들 것도 예전에 홍수가 났을 때 훼손됐어요.
이전했을 때나 자료를 스캔하려고 경찰에 제출했을 때 잃어버렸을 수도 있어요.
어쩜!
리치와 나는 귀를 의심했다. 얼마나 많은 입양인들이 자신의 배경 정보를 찾으면서 이런 말을 들었던가.
1. 서류가 사라졌다.
2. 서류가 화재로 타 버렸다.
3. 서류가 홍수로 훼손되었다.
4. 서류가 자연 재해로 파손되었다.
5. 서류가 파기되었다.

예전 보육원은 어디에 있습니까? 갈 수 있는 곳인가요?
아니요. 지금은 없습니다. 그 자리에 길이 났어요.
결국 한국에는 내가 있던 곳이 하나도 남지 않았다. 한국은 내가 발 딛고 서 있던 곳들을 다 지워 버렸다.
그럼 보육원 사진이라도 있나요? 제가 있을 때 모습이 궁금해서요.
유감입니다만, 사진도 없습니다. 그런 건 따로 보관하지 않았어요. 이리로 이전하면서 다 사라졌습니다.
요청하신 원본을 꺼냈더니, 리사 씨 파일이 다 있었습니다!
이 남자 직원은 내 인생의 위대한 영웅으로 기억될 것이다. 그가 상사의 말을 듣지 않고 파일을 꺼내 오는 데에는 용기가 필요했을 것이다. 그는 계속 이곳에서 일을 할 수 있을까?

이렇게 서류들이 있는데도, 그들은 왜 거짓말을 했을까? 왜 그랬을까?
봐! 아기 때 사진이 여기 있어! 보내 준 사진보다 조금 더 컸을 때네! 왜 이건 안 보내 줬을까? 사진도 있는데, 왜 내 서류가 하나만 있다고 했을까?
이 서류들은 날짜가 달라. 여기엔 당신이 5월 4일에 왔다고 하고, 여기엔 5월 9일이라고 적혀 있어. 어느 게 맞는 걸까?
우리는 보육원에 들어온 날 순서대로 아이들이 정리된 등록부를 찾아냈다. 첫 번째 세로줄에는 아이들이 들어온 날이, 두 번째 세로줄에는 나간 날이 명시되어 있었다. 대부분은 이름 옆에 '해외 입양'이라는 기록과 입양 기관의 이름이 적혀 있었다. 하지만 '대한사회복지회 +4, 홀트 +5' 식으로 번호로만 표시된 아이들이 있다는 사실을 발견했다.
정 씨가 말한 대로, 뇌물을 받고 입양아로 팔려 간 아이들일까?
기분이 참 그렇네.

보육원 면담은 대한사회복지회에서 했던 이야기의 되풀이나 마찬가지였다. 이전 직원들에 대한 기록도 없었고, 내가 있던 시절에 대해 말해 줄 사람도, 연락할 사람도 없었다.
우리는 보육원을 둘러봤다. 대가족 같은 느낌이었다. 나이가 찬 아이들은 학교에 다녔고, 더 어린 아이들은 보육원에서 수업을 들었다.
내가 태어난 나라의 보육원이 낯선 나라의 새 가족보다 정말로 나쁜 것일까? 보육원의 삶은 무섭게 묘사되고 그곳이 아이의 진짜 집이 될 수 없다고들 하지만, 그건 누가 판단하는 것일까? 자기 이름도 잃고 지구 반대편의 낯선 나라에서 텅 빈 백지처럼 살아가는 삶이 더 낫다고 누가 결정하는 것일까?

보육원을 둘러보다가 유아반 교사로 일하는 나이 지긋한 여성을 만났다.
저분에게 1970년대에 여기서 일하던 사람을 아는지 물어볼까요?
알고말고요! 강 선생님이라는 분을 알아요. 내가 전화해 볼게요.
강 선생님이 리사 씨를 꼭 만나고 싶다네요. 내일은 어떨까요?
네, 물론이지요.
강 선생님은 내가 이곳에 지내던 시간에 대해 이야기 해 줄 수 있는 마지막 가능성이자 희망이었다.
동성원
내일은 엄마와 함께 DNA 검사를 받는 날이기도 했다. 우리가 진짜 모녀 사이인지 곧 알게 될 것이다.

다음 날 아침, 시청 카페에서 강 선생님을 만났다.
나는 아기 때 사진과 보육원 시절의 사진을 보여 주었다.
흐릿하긴 하지만 리사 씨에 대한 기억이 있어요. 많이 울고 소리 지르던 아기라 울림이라는 이름이 잘 어울리는 것 같았거든요. 산울림이나 숲의 메아리라는 뜻이니까요.
나는 보육원에 대한 질문을 많이 했다. 보육원이 어떻게 생겼었는지, 아이들이 얼마나 많았는지, 아이들을 어떻게 돌보았는지, 입양이 결정되기까지 일이 어떻게 진행되었는지….
그때는 일주일에 세 명 정도가 보육원 계단에 버려졌어요.
어떤 아이는 목에 이름표를 달고 있었지만, 대부분은 배경 정보가 전혀 없었어요.
리사 씨 문서만큼 배경 정보가 많은 아이는 본 적이 없어요.
리사 씨 양육권을 포기한 분은 언젠가 다시 만나기를 정말 원했었나 봐요.

강 선생님 말로는, 아이들은 쉬지 않고 소리 지르며 울어 댔단다. 엄마를 찾으며 울었고, 버림받았다는 사실에 충격 받았다. 새 환경에 적응하기까지는 반년이 걸렸다.
죽은 아이들도 있었고, 알 수 없는 이유로 사라진 아이들도 있었다. 한 달에 스무 명 정도 입양되었다. 대부분 해외 입양이었다.
나이가 조금 더 들어서 온 아이들은 이미 입양이 결정된 상태였다. 그 아이들에게 보육원은 위탁 가정인 셈이라 짧게 있을 것이라는 사실을 알았다.
보육원은 입양 기관들에게 인기가 좋아서 마치 컨베이어벨트처럼 돌아갔다. 매달 입양 기관들은 일정한 수의 아이들을 보내라고 요구했고, 그 숫자는 계속 늘어났다.
국내 입양아들은 다시 보육원으로 돌아오는 경우가 잦았다. 입양 부모 마음에 들지 않아서 파양된 것이다. 그들은 흠 하나 없이 건강한 아이만 원했다.
아이들은 다른 아이들이 왔다 가는 모습을 지켜보며, 이것이 또한 자신의 일이라는 것을 깨달았다. 아이들은 소리 없이 보육원을 떠났다. 올 때와 달리 울지도 않고, 감정도 드러내지 않은 채로.

보육원에서 일할 때에는 내가 좋은 일을 한다고 믿었어요. 아이들에게 입양이 최선이라고 믿었지요. 하지만 지금은 생각이 달라요.
이따금 내가 돌봐 주다가 입양된 아이들과 연락을 하면서 생각을 다시 하게 됐어요. 지금은 입양이 최선의 해결책은 아닐 거라고 생각해요. 이 아이들을 보내지 말았어야 했는데….
이런 얘기를 들으면서 나도 입양이 되었다가 파양되어 돌아온 아이들 가운데 하나가 아닐까 하는 생각이 들었다. 건강한 아이들이 팔려 나갈 때, 나같은 갓난아기가 왜 2년 동안이나 보육원에 남아 있었는지 이해가 되지 않았기 때문이다.
이렇게 만나 주셔서 정말 고맙습니다!
울림 씨가 잘살았으면 좋겠어요. DNA 결과도 잘 나와서 지금 어머니가 정말 친어머니이길 바랍니다.
정말 큰 도움이 되었어요.

점심 식사를 마치고, 경찰청사 밖에서 엄마와 김 선생을 만났다. DNA 검사를 할 때가 된 것이다.
과학수사
Crime Scene Investigation
머리카락을 하나 뽑아야 합니다. 약간 따끔할 거예요.
입에서 샘플을 채취하겠습니다.
엄마는 이런 상황을 눈에 띄게 불편해 했지만, 어쨌든 진실을 분명히 알게 될 것이다.
'정울림 어머니'라고만 쓸게요. 익명으로 처리될 거예요.
정울림 어머니
검사를 마친 엄마는 화가 난 것 같았다. 검사 때문인지 다른 이유 때문인지는 모르겠다.
이제 이만하면 됐어.
네가 너무 과거에 매달리면 우리는 가족일 수 없다. 더는 답을 줄 수 있는 게 없어. 이제 그만하자.
하지만…
저는…

엄마는 과거 이야기를 더 이상 하고 싶지 않다고 했다. 엄마는 우리가 다시 만났다는 사실에 만족하자고 했다. 엄마와 헤어지면서 나는 이 정도의 바람도 과분했음을 깨달았다. 나에게 미래란 우리가 들어가 살 수 없는 꿈의 궁전에 지나지 않았다. 우리의 가족사는 깊은 심연이었다. 나는 다시 한 번 엄마를 잃었다.
엄마?

한국에서 마지막 며칠을 보내는 동안 가슴이 계속 아팠다. 스웨덴으로 돌아가야 하는 현실도 슬펐다. 부산은 내가 가 본 가장 멋진 곳이며 한때 나의 일부였다는 사실을, 나의 뿌리가 바로 이 도시에 있다는 사실을 받아들이기 어려웠다. 아름답고 훌륭한, 정말 특별한 내 고향, 부산!
LISA RICHEY TEDDY POPPY

부산에서 보내는 마지막 저녁이었다. 김 선생과 딸이 우리에게 빌려 주었던 물건들을 가지러 왔다. 그리고 마지막으로 할 중요한 이야기가 남아있었다.
하지만 민정 씨가 없어서 대화를 할 수가 없었다. 김 선생은 우리를 도와줄 사람을 찾으려고 여기저기 전화했다.
이런 언어 장벽은 정말 엄청난 좌절감을 주었다. 몇 차례 시도 끝에 민정 씨가 전화를 받았다.
김 선생님이 리사 씨가 서명해야 하는 DNA 검사 동의서를 가져왔어요.
정 씨의 비서를 찾으려 노력했지만, 못 찾았어요.
흔적도 찾을 수가 없어요.
리사 씨와 어머님 일도 참 안됐어요.
저와 제 가족을 위해 수고해 주셔서 뭐라 감사를 드려야 할지요. 어머니를 찾아주시고, 보육원에도 데려다 주시고. 정말 고맙습니다!
리사 씨 문제에 대한 답을 계속 찾아볼게요. 필요하면 언제든지 연락하세요. 건강해야 해요!

우리는 민정 씨 가족들과 함께 한국에서의 마지막 며칠을 멋지게 보냈다.
뽀뽀해 줄게요!

마지막 날, 민정 씨 어머니와 이모들은 우리가 가장 좋아하는 한국 음식인 비빔밥을 해 주었다. 리치는 한국에 있는 동안 다이어트에 완전히 실패했다.
당신 너무 먹는 거 아냐?
정말정말 고맙습니다. 가족을, 정말로 가족을 찾은 것 같아요.
작별은 힘들었다. 민정 씨와 민정 씨 가족이 없었다면 어떻게 됐을까?

이기는 3층 출발층 입니다
You are here on the Departures Hall (3rd Floor)

공항으로 가는 길이 비현실적으로 느껴졌다. 공항버스가 길을 돌려 한국에서 하루 더 있게 된다면! 단 하루만이라도 이 나라에서 더 있게 된다면! 이번 여행이 마지막 방문이 될까 봐 두려웠다. 출발이 가까워지면서 매 순간마다 한국이 우리 뒤 지평선 너머로 희미하게 사라지는 느낌이었다.

찾아낼 것이라 믿었던 사실들은 여전히 암흑 속에 남았다. 나는 여전히 많은 질문과 이름 모를 동생들에 대한 희망 없는 갈망을 안고 집으로 향했다.

과거의 문을 열 시간이 왔다고 엄마는 느끼게 될까? 동생들은 큰언니가 있다는 사실을 알게 될까? 아빠는 언젠가 나를 만날 마음이 생길까? 입양인의 여정은 흔히 자신의 뿌리를 찾고 마침내 평화를 느끼는 것으로 묘사되곤 한다. 하지만 나는 아니었다. 나에게는 저항의 시작이었다.

스웨덴으로 입양되고 35년이 지났다. 그때는 너무 어렸다. 나는 아는 게 너무 적었다.

나는 다시 한국을 떠났다.

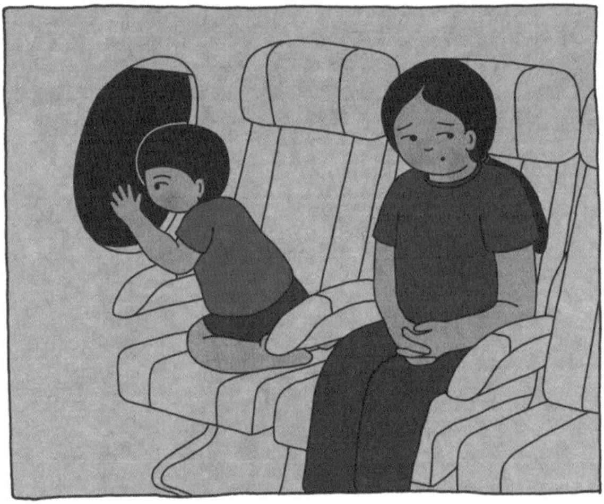

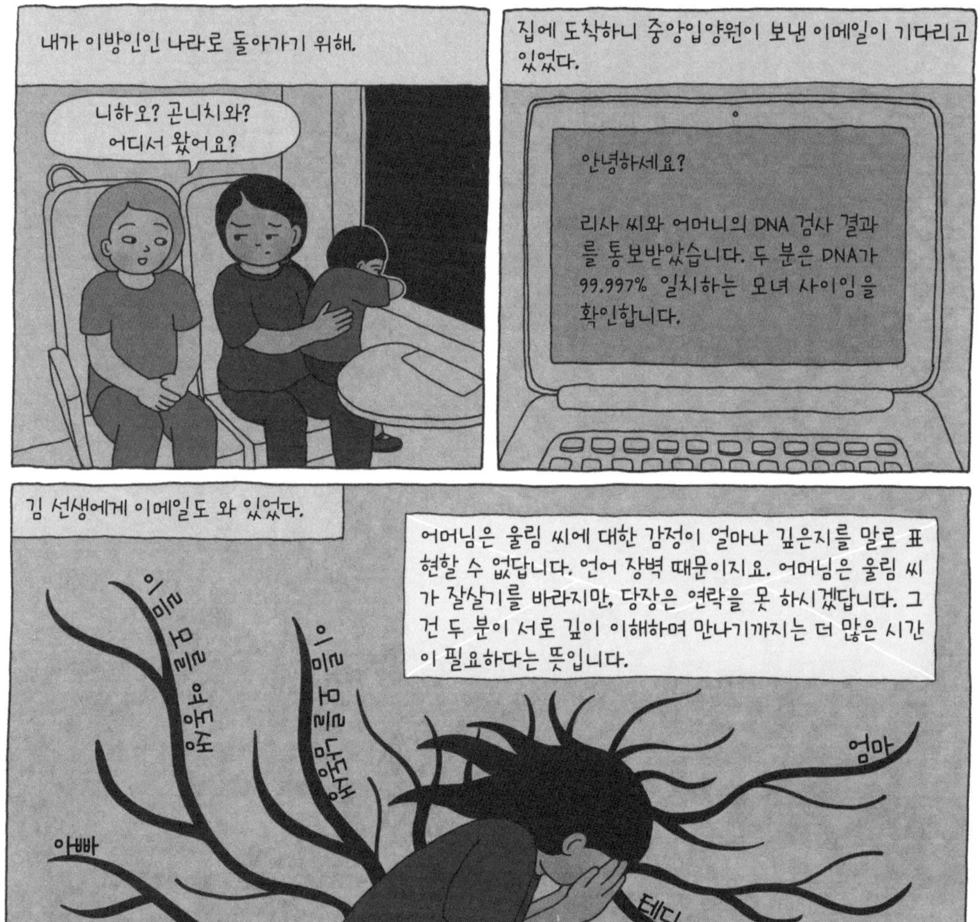

내가 이방인인 나라로 돌아가기 위해.
니하오? 곤니치와? 어디서 왔어요?
집에 도착하니 중앙입양원이 보낸 이메일이 기다리고 있었다.
안녕하세요?
리사 씨와 어머니의 DNA 검사 결과를 통보받았습니다. 두 분은 DNA가 99.997% 일치하는 모녀 사이임을 확인합니다.
김 선생에게 이메일도 와 있었다.
어머님은 울림 씨에 대한 감정이 얼마나 깊은지를 말로 표현할 수 없답니다. 언어 장벽 때문이지요. 어머님은 울림 씨가 잘살기를 바라지만, 당장은 연락을 못 하시겠답니다. 그건 두 분이 서로 깊이 이해하며 만나기까지는 더 많은 시간이 필요하다는 뜻입니다.
이름 모를 여동생
이름 모를 남동생
엄마
아빠
테디
이름 모를 남동생
이름 모를 남동생
포피
한국에는 '한'이라는 말이 있다. 부당한 고통과 박해와 억압을 겪으면서 느끼는 끝없는 슬픔을 가리키는 말이다. 한은 한국인의 정서에서 독특한 위치를 차지한다. 희망과 절망, 복수에 대한 기대와 체념이 뒤섞인 감정인 것이다. 지금 이 순간에도 한국에서는 가족이 갈라지면서 아이를 지구 반대편으로 보내는 허위 문서들이 만들어지곤 한다. 우리는 이런 현실을 이야기해야 한다. 우리는 이런 아이를 이야기해야 한다.

작가의 말

평생토록 내 이야기를 하기 위해 싸웠습니다. 언제나 내 삶에 있던 이야기이지만, 더 절실한 느낌이 들도록 많은 수정을 거쳤습니다. 슬픔을 표현하기는 여전히 어려우나, 분노는 크고 분명하게 소리를 냅니다.

우리가 소리 높여 우리 이야기를 하면, 사람들은 생각했던 것과 다르다고, 위험하다고 보는 것 같습니다. 이럴 때 우리는 두 개의 문화와 두 가족 사이에 던져진 느낌입니다. 우리가 누군가 만들어 낸 익숙한 이야기의 틀에서 벗어나 자신의 잃어버린 정체성을 되찾으려 하면, 세상 물정 모르는 짓이라 비난합니다. 은혜를 모르는 어린애가 자신뿐만 아니라 다른 모든 사람의 운명을 두고 위험한 질문을 하는 것이라 보는 것입니다. 이것이 우리의 질문이 위험하고, 다른 입양인들에 대한 모욕이라 여겨지는 이유들 가운데 하나라고 믿습니다.

하지만 이런 이야기는 반드시 필요합니다. 우리의 목소리를 내는 것이 우리와 다른 사람들에게, 각자의 가족들과 입양과 관련된 모든 이들에게도 반드시 필요합니다.

이런 이야기를 나누면서 함께 힘겨운 싸움을 하는 우리는 더 늘어납니다. 단지 우리가 원해서가 아니라, 그렇게 하는 것이 우리의 의무이기에 싸웁니다. 우리는 살아남기 위해 싸웁니다.

자라면서 입양 부모와 입양 기관과 관계하며 일하는 사람들이 쓴 글을 무척 많이 읽었습니다. 그들은 건강, 인간 관계, 인종 차별주의, 고국, 원래 가족, 입양 가족, 18세 이후에도 계속 어린이처럼 취급받는 삶을 우리가 어떻게 이해하는지 또는 이해해야 하는지에 대해 해석하고 말했습니다.

이제는 어른이 된 입양인이 많습니다. 자식이 있고, 심지어 손주도 있습니다. 고국을 다시 찾거나 원래 가족과 재회한 사람도 있고, 우리가 알고 있던 삶에 거짓으로 가득한 공백이 있다는 사실을 발견한 사람도 있습니다. 이제는 우리도 위협과 상처를 받으며 배제되는 일 없이 이런 거짓들을 밝힐 수 있어야 합니다. 우리에게는 입양 서류들이 진실인지 아닌지를, 우리를 버린 친부모님이 자신의 의지에 따라 서명을 한 것인지 아닌지를 정확히 알 자격이 있습니다. 우리가 납치되어 팔린 것이 아님을 알 자격이 있습니다.

우리는 우리 이야기를 자신의 목소리로 소리 높여 말할 자격이 있습니다.

우리가 하는 말이 어떻게 들리든 상관없이.

고맙습니다.

지치지 않고 함께 작업하며 변함없이 버팀목이 되어 준 나의 리치에게.

정말 힘들고 마음이 무거울 때에 통역을 맡아 주고,
이 작품에 나오는 한국어에도 도움을 준 민정 씨에게.

포기하지 않고 한국의 친부모님을 찾아 준 김 선생님(가명)에게.

힘겨워도 입양인과 가족의 권리를 위해 함께 싸우며
서로에게 힘이 되는 입양인 친구들에게.

교정을 맡아 주고, 이 작품에서 자신의 목소리도 일부 빌려 준
유한나 룬드크비스트에게.

내 이야기와 이 작품을 믿어 준 편집자 유한네스에게.

내 이야기를 존중하고 말을 세심하게 살피며 어려운
번역 작업을 한 역자 유진 씨에게.

스웨덴의 부모님과 한국의 부모님에게.

그리고 나의 아들과 딸인 테디와 포피에게.

나는 누구입니까
제1판 제1쇄 발행일 2018년 3월 16일
제1판 제4쇄 발행일 2023년 6월 30일

지은이 · 리사 울림 셰블룸 | 옮긴이 · 이유진

펴낸이 · 곽혜영 | 주간 · 오석균 | 편집 · 최혜기 | 디자인 · 소미화 | 마케팅 · 권상국 | 관리 · 김경숙
펴낸곳 · 도서출판 산하 / 등록번호 · 제300-1988-22호
주소 · 03385 서울특별시 은평구 연서로26길 27, 2층 (대조동), 대한민국
전화 · (02)730-2680(대표) / 팩스 · (02)730-2687
홈페이지 · www.sanha.co.kr / facebook.com / sanha83
전자우편 · sanha0501@naver.com

Palimpsest

First Published in 2016 by Ordfront Galago with the Swedish title Palimpsest.

The cost of this translation was defrayed by a subsidy from the Swedish Arts Council, gratefully acknowledged.

ISBN 978-89-7650-497-5 44850
ISBN 978-89-7650-400-5 (세트)

* 이 도서의 국립중앙도서관 출판시도서목록(CIP)은 e-CIP 홈페이지(http://www.nl.go.kr/ecip)와
국가자료공동목록시스템(http://www.nl.go.kr/kolisvet)에서 이용하실 수 있습니다.
(CIP제어번호:CIP2018005929)

* 이 책은 스웨덴 예술위원회의 번역 및 제작지원금을 받았습니다.